한국 희곡 명작선 60

어둠상자

한국 희곡 명작선 60

장막희곡

어둠상자

이강백

평민사

이강백

어둠상자

등장인물

1인 1역
김규진
김석연
김만우
김기태
윤혜영
강윤아

1인 다역
고종황제, 시종무관, 시녀, 앨리스 루즈벨트, 의장병, 이등박문,
독일공사, 독일공사 부인, 상복 입은 백성들
장상일, 조원재, 오길남, 하세가와, 연주회 사회자, 윤인부, 하나
코, 밤거리 사람들
행정장교, 군의관, 이 병장, 최 상병, 미군 연대장, 통역병, 토마스
신부, 포주, 육군 소장, 육군 중령, 우편배달부
전광보, 박지열, 이도준, 한민수, 현대미술관 관장, 관광 가이드,
관광객들

보조 역
악사들
가수

때

1905년부터 2012년까지

일러두기

무대는 빈 공간. 좌우 벽과 천정은 대형 사진기의 내부를 연상케 하는 주름막 형태이며, 무대 후면 바닥의 계단도 주름막 형태이다. 무대 후면 중앙에 자동문이 있다. 그 문은 사진기 셔터처럼 열렸다가 찰칵 소리와 함께 닫힌다. 몇몇 중요한 장면에서 자동문으로 등퇴장하는 인물이 있다. 그러나 대부분의 장면들은 인물들이 무대 좌우로 들어왔다가 나간다.

이 연극은 장면의 끝과 다음 장면의 시작을 겹쳐서 빠르게 진행한다. 등장인물들은 장면에 따라 필요한 책상, 의자, 첼로, 부스, 벤치, 전시대 등을 무대로 옮겨 와서 사용한 다음 곧 무대 밖으로 옮긴다. 악사들과 가수는 관객석 앞에 자리 잡는다. 악사들의 인원 및 악기 구성은, 공연 장소가 협소하면 기타와 드럼으로 간단히 구성하고, 넓으면 악기들을 추가 편성한다. 가수도 1명, 또는 여러 명일 수 있다. 간혹 녹음한 음악의 사용도 가능하다.

이 연극의 각 장면에는 연월일 날짜가 있다. 공연할 때 무대 후면 벽에 잠시 영상으로 날짜를 비춘다. 그러나 연출가의 판단에 의해 꼭 필요한 날짜만 남기고 그렇지 않은 날짜는 삭제해도 된다. 1막, 2막, 3막, 4막, 막 표기와 인물 이름, 출생 및 사망 연월일은 반드시 나타내야 한다.

프롤로그

악사들, 공연 시작의 음악을 연주한다. 김규진, 김석연, 김만우, 김기태, 찰칵 소리와 함께 한 명씩 자동문으로 등장. 그들은 무대 한 가운데 나란히 선다. 그들 중에 가장 연장자는 50대 중년 김규진이며, 가장 연소자는 20대 청년 김기태이다. 김석연과 김만우는 30대 혹은 40대로서 나이 차이가 크지 않다. 네 명의 등장인물, 관객들에게 말한다.

김기태 관객 여러분, 이 연극은 우리 집안의 4대에 걸친 가족사입니다.

김석연 햇수로는 107년간, 1905년에 시작해서 2012년에 끝납니다.

김기태 너무 길고 지루한 연극이죠. 관객 여러분은 마음 편히 주무셔도 좋고, 지루하면 극장 밖으로 나가셔도 좋습니다.

김규진 쓸데없는 말 하지 마라!

김기태 (김규진과 김만우를 가리키며) 나의 증조할아버지와 할아버지십니다.

김규진 (한 걸음 관객 앞으로 나온다) 대한제국의 황실 사진사 김규진이오. 고종황제께서는 나를 육손 경이라고 부르셨소.

김석연 (한 걸음 관객 앞으로 나온다) 내 이름은 김석연입니다. 나는 아버지의 유언을 지키지 못해 극심한 우울증을 앓다

7

가…….

김규진 석연아, 그건 나중에 말해도 된다.

김석연 네…….

김기태 (김만우에게) 다음은 아버지.

김만우 (한 걸음 앞으로 나온다) 김만우입니다. (오른손 손가락들을 펼쳐 보이며) 할아버지 별칭은 육손 경, 내 별명은 식스 핑거스. 손가락이 여섯 개, 우리 집안의 유전이지요.

김기태 나는 증조할아버지의 증손, 할아버지의 손자, 아버지의 아들이죠. 이름은 김기태입니다.

김규진 자, 그럼 어서 시작하자!

석연,만우,기태 네!

네 명의 등장인물, 무대 왼쪽으로 퇴장한다.

1막

《김규진(1868–1933)》

1905년 7월 20일

경운궁 중명전. 시종무관, 등장. 그는 의자를 들고 와서 중명전 테라스에 놓는다. 밝은 햇빛이 기다란 테라스를 환하게 비춘다.

시종무관 육손 경은 어디에 계십니까?

김규진 (소리) 여기 있소!

시종무관 폐하께서 육손 경에게 사진 촬영을 명하셨습니다!

김규진 (소리) 나를 좀 도와주오!

시종무관, 퇴장. 잠시 후 김규진과 시종무관 등장. 그들은 커다란 상자 모양의 사진기와 삼각대를 들고 온다.

시종무관 굉장히 무겁군요!

김규진 이 사진기가 얼마나 비싼지 아오?

시종무관 글쎄요…….

김규진 기와집 열두 채 값이라오.

시종무관 아, 그렇습니까!

그들은 의자 앞쪽에 삼각대를 펼치고 사진기를 올려놓는다. 김규진, 사진기의 뒤에 달린 차광포로 상반신을 덮고 의자에 렌즈의 방향과 초점을 맞춘다.

김규진 의자를 조금 이쪽으로 옮겨주오.
시종무관 네.

시종무관, 의자를 옮겨 놓는다.

김규진 약간만 더…… 이젠 초점이 맞았소.
시종무관 폐하께 촬영 준비가 됐다고 아뢰겠습니다.

시종무관, 퇴장. 김규진, 사진기의 차광포를 벗는다.
고종황제, 등장. 황색 곤룡포를 입고, 자주색 익선관을 쓴 차림이다. 시종무관과 커피 잔이 놓인 쟁반을 든 시녀가 고종황제를 뒤따른다.

고종 육손 경, 아주 좋은 소식이 있소!
김규진 (허리 굽혀 절한다) 폐하…….
고종황제 미국 공주가 온다는구려!
김규진 미국 공주라니요……?
고종황제 미국 대통령의 따님, 이름이 앨……앨……뭐라더라……?
시종무관 앨리스입니다.

고종황제 맞아, 앨리스! 나이는 스물한 살, 아직 결혼 안 한 처녀라오.

김규진 폐하, 믿어지지 않습니다. 아무리 개명한 시대라지만…… 미국 공주가 홀몸으로 어찌 이 먼 곳까지 오겠습니까?

고종황제 짐도 염려하였소. 그런데 미국 공사가 말하기를, 공주는 대규모 아시아 순방 외교 사절단과 함께 배를 타고 온다는구려. 제물포 항에 도착해서, 성성으로 올 때, 내내적인 환영을 해야겠소. 황실 전용 열차도 보낼 것이오.

시종무관 폐하, 가배가 식습니다.

고종황제 음…….

고종황제, 시녀가 바치는 커피 잔을 들고 마시면서 말한다.

고종황제 육손 경, 오늘 사진은 매우 중요하오!

김규진 네, 폐하.

고종황제 짐은 생각하고 또 생각했소. 미국 공주에게 어떤 선물을 해야 좋을까…… 비단이나 보석이 좋겠지만, 그런 것은 부자나라 미국에는 흔할 테고…… 문득 떠오른 생각이 짐의 사진이었소. 미국 공주에게 그 사진을 선물하면, 공주는 물론 아버지 대통령도 보지 않겠소?

김규진 분명 그리 할 것입니다.

고종황제 세상에서 가장 강한 나라는 어디요? 미국이요, 미국! 또 세상에서 가장 힘 센 임금은 누구요? 미국 대통령이요,

미국 대통령! 조미통상조약 맺을 때, 미국은 우리를 보호하겠다 굳게 약속하였소! 그런데 육손 경, 경도 알다시피 지금 대한제국은 풍전등화처럼 위태롭구려. 중국도 일본에게 졌고, 로서아도 졌으니, 이제 우리를 일본의 야욕에서 막아줄 나라는 오직 미국뿐이오. 바로 이런 때, 미국 공주가 온다니, 하늘이 주는 기회가 아니고 무엇이겠소! (커피를 마시려다가 멈춘다) 이런, 잔이 비었군!

시종무관 가배 한 잔 더 가져올까요?

고종황제 (김규진에게) 육손 경도 가배 한 잔 하겠소?

김규진 황송하오나 폐하, 너무 쓴 맛이라 마시지 않겠습니다.

고종황제 짐도 처음엔 그 쓴맛이 싫더니, 이젠 그 쓴맛에 중독되어 자꾸만 마시는구려. (시녀에게 빈 잔을 주며) 가배는 한 잔만 가져오너라.

시녀 폐하, 분부대로 하겠습니다.

시녀, 뒷걸음으로 퇴장한다. 고종황제, 복도 끝으로 걸어간다. 그는 의자에 앉아서 사진 촬영을 위해 익선관을 바르게 고쳐 쓰고 곤룡포 옷깃을 가다듬는다.

김규진 폐하…….

고종황제 어찌 그러오?

김규진 제 생각에는…… 미국 공주와 대통령이 보실 사진이라면, 이곳 중명전보다 더 우람한 석조전이 좋을 듯합니다.

고종황제　육손 경 말대로 석조전은 큰 건물이오. 그러나 강대국 미국에는 그보다 더 크고 높은 마천루가 많다 하였소. 짐이 일부러 이곳 소담한 중명전을 택하고, 우리 전통의 고유한 임금 옷을 입은 까닭은, 짐에 대한 그들의 관심을 이끌어서 약속을 지키도록 하기 위함이오.

김규진　송구합니다, 폐하. 폐하의 깊으신 뜻을 헤아리지 못했습니다.

고종황제　사진이 흑백이어서 아쉽소. 천연색이면 더 관심 있게 볼 텐데…….

김규진　폐하, 요즘은 채색 사진이 가능하게 됐습니다.

고종황제　채색 사진……?

김규진　네. 흑백 사진에 색을 칠하는 것이지요.

고종황제　문명의 발전이 놀랍구려!

김규진　폐하께서 원하시는 색채와 칠할 부분을 하명해 주십시오.

고종황제　짐의 곤룡포는 황색, 익선관은 자주색을 칠해 주오!

김규진　네, 폐하.

시녀, 커피 잔을 쟁반에 담아 들고 등장한다.

시종무관　가배 대령입니다.

고종황제　그 잔은 사진 촬영 다음 마시겠네.

시종무관과 시녀, 옆으로 비켜선다. 김규진, 사진기의 뒤로 가서 상반신을 숙이고 차광포로 덮는다.

김규진 폐하, 용안을 너무 숙이셨습니다.

고종황제, 얼굴을 든다.

김규진 조금 더 드십시오.

고종황제 이렇게……?

김규진 네, 이젠 좋습니다.

고종황제 긴장이 되는군.

김규진 폐하, 긴장을 푸십시오. 그리고 부드럽게 미소를 지으셔
야 합니다.

고종황제 (미소 짓는다) 바로 이렇게……?

김규진 좋습니다!

고종황제 (몸을 움직인다)

김규진 움직이면 아니 되십니다!

고종황제, 부동자세가 된다. 찰칵, 사진기의 셔터 닫히는 소리가 들
린다.
무대 조명, 암전한다.

1905년 7월 22일
무대 후면, 고종황제의 채색 사진이 비춰진다. 김규진 자택. 김석

연, 사진 두 장을 들고 등장한다.

김석연   아버님, 폐하 어진의 채색을 마쳤습니다.
김규진   벌써 됐느냐?
김석연   네.

김석연, 김규진에게 누 상의 사신을 준나. 김규진, 사진들을 꼼꼼하게 살펴본다.

김규진   잘 했다. 네 솜씨가 나무랄 데 없구나!
김석연   고맙습니다.
김규진   사진은 촬영을 잘 해야 하지만, 현상과 인화도 중요해.
김석연   채색 사진이 흑백 사진보다 훨씬 보기 좋군요.
김규진   당연하지. 그런데 어찌 폐하의 어진이 두 장이냐?
김석연   아버님이 둘 중에 하나를 골라 폐하께 드리십시오. 남은 하나는 제가 갖고 싶습니다.

김규진, 사진 두 장을 양손에 나눠들고 번갈아 바라본다.

김규진   음…… 둘 다 똑같다. (왼손의 사진을 내밀며) 이걸 너에게 주마.
김석연   네.
김규진   (오른손의 사진을 내민다) 아니다. 그건 폐하께 드리고, 이걸 주마.

김석연   네.

김규진   아니다, 아냐. 네가 골라 가져라.

김석연   저는 눈 감고 고르겠습니다.

김석연, 눈을 감고 사진을 집는다.

김석연   폐하께는 이걸 드리고…… 이건 제가 갖겠습니다.

1905년 9월 19일

경운궁. 무대 후면 자동문이 열린다. 의장병들, 옛 태극기와 성조기를 들고 들어와서 계단 밑에 도열한다. 무대 왼쪽, 서양식 황제 옷을 입은 고종황제와 시종무관 등장. 잠시 후. 무대 오른쪽에서 앨리스 루즈벨트 등장. 악사들과 가수, 미국 국가를 연주하며 노래 부른다. 앨리스는 기다란 목발을 신어서 키가 보통 사람보다 굉장히 높다. 매우 풍성하게 부풀린 하얀 레이스 옷을 입고, 하얀 리본 달린 둥근 모자를 썼다. 고종황제, 반갑게 맞이한다.

고종황제   어서 오시오, 미국 공주! 열렬히 환영하오!

앨리스   (미국식 영어 억양으로 말한다) 폐하, 뵙게 되어 영광이에요!

고종황제   황실 군악대가 미국 국가를 연주하고 있소!

앨리스   베리 굿. 잘하네요.

고종황제   짐은 공주 일행이 머무는 동안 불편하지 않도록 최선을 앨리스   다할 것이오.

앨리스   폐하, 감사합니다.

고종황제   (시종무관을 향하여) 짐의 선물을 공주께 드리게!

고종황제   부디 기쁘게 받아주길 바라오.

앨리스   폐하, 감사합니다! 폐하께서 저에게 선물을 주실 줄은 몰랐어요!

고종황제   공주는 가배를 좋아하시오?

앨리스   가배? 왓 이즈 댓?

시종무관   서양말로는 커피입니다.

앨리스   아, 커피!

고종황제   짐과 함께 가배 한 잔 마십시다.

앨리스   생큐 베리 마치. 벗 아임 소 타이어드. 지금은 너무 피곤해 호텔에 가서 쉬고 싶군요.

고종황제   알겠소. 멀리서 오시느라 고생 많았구려.

앨리스   굿 바이, 유어 메제스티!

앨리스, 고종황제에게 우아한 동작으로 인사하고 퇴장한다. 시종무관이 악사들의 연주를 중단 시킨다.

시종무관   연주 중지! 공주님은 벌써 가셨다!

악사들, 연주 멈춘다. 무대 조명, 암전한다.

1905년 11월 7일

고종황제, 의자에 앉아 커피를 마시고 있다. 무대 오른 쪽, 이등박문 등장. 그의 그림자가 고종황제 있는 곳까지 길게 뻗친다. 고종황제, 긴장한 모습으로 일어선다. 이등박문, 한 걸음 한 걸음 매우 더디게 다가와서 과장된 공손한 태도로 말한다.

이등박문   존엄하신 황제 폐하, 옥체 건녕하신지요?

고종황제   짐은…… 평안하오.

이등박문   천만다행이십니다.

고종황제   이토 히로부미 공께선 어찌 지내셨소?

이등박문   폐하의 심려 덕분으로 잘 지냈습니다만…… (기침을 한다) 이런…… 황송합니다, 폐하. 현해탄을 건너올 때 바닷바람을 쏘였더니…… 이젠 늙어서 과중한 일을 하기엔 힘이 듭니다.

고종황제   이토 공, 건강을 위해 너무 과로하지 마시오.

이등박문   저 역시 과로하고 싶지 않습니다. 그런데도 늙은 저에게 무거운 짐을 짊어지도록 하는 분이 계십니다. 폐하께선 그분이 누구인지 아십니까?

고종황제   그게 누구요?

이등박문   바로 폐하십니다.

고종황제   짐……?

이등박문   그렇습니다, 존엄하신 황제 폐하.

고종황제   (침묵)

이등박문 도대체 어찌 하려고 미국 대통령 딸에게 폐하의 사진을 주셨습니까?

고종황제 그저…… 선물로 준 것이오.

이등박문 그 사진 때문에 제가 또 현해탄을 건너오게 됐습니다. (기침한다) 이런, 기침이 점점 더 심해지네. (고종황제에게 가까이 다가가며) 폐하, 미스 앨리스가 폐하의 사진을 보고 무슨 말을 했는지 아십니까?

고종황제 짐은 모르오. 미국 공주가 무슨 말을 하였소?

이등박문 미국 사절단 일행이 경성을 떠나는 날, 폐하의 대신들과 외국 공사들이 남대문 정거장에 나와 전송했습니다. 그때 누군가 궁금했던지 미스 앨리스에게 폐하께서 주신 선물이 무엇이냐고 물었지요. 미스 앨리스는 폐하의 채색 사진을 받았다고 했습니다. 그러자 또 누가 폐하의 사진을 본 소감을 물었지요. 미스 앨리스는 이렇게 말했습니다. (여자 목소리를 흉내낸다) "황제다운 존재감이 거의 없더군요. 애처롭고, 둔감한 모습이에요." (기침을 한다) 황송합니다, 자꾸만 기침이 나와서……

고종황제 (침묵)

이등박문 폐하, 결코 제가 지어낸 말이 아닙니다.

고종황제 설마…… 미국 공주가…….

이등박문 믿지 못하신다면 그때 전송 나갔던 대한제국 대신들을 불러 확인해 보십시오. (기침을 한다) 하지만 폐하의 신하들이 감히 그 말을 사실대로 전할 수가 있겠습니까?

고종황제 (침묵)

이등박문 그러나 일본제국 공사는 폐하의 신하가 아닙니다. 들은 말 그대로 일본제국 정부에 알렸지요. 일본 정부는 사태가 매우 심각하다고 판단, 저를 긴급히 폐하께 보냈습니다.

고종황제 짐은 괜찮소. 미국 공주가 사진을 보고 철없는 말을 했다면, 아직은 젊어서 그런 것이니 굳이 탓할 일은 아니오.

이등박문 탓할 일이 아니라니요?

고종황제 (침묵)

이등박문 존엄하신 황제 폐하, 이 세상에는 사진 때문에 목숨을 잃고, 영토를 빼앗긴 경우가 너무나 많습니다!

고종황제 (침묵)

이등박문 저기 지구의 반대쪽에는 아비리가 검은 대륙이 있습니다. 대한제국보다 몇 십 배나 크고 넓은 땅이지요. 그런데 구라파 탐험가들이 아비리가 곳곳을 다니면서 족장들을 사진 촬영 했습니다. 족장들은 머리에 화려한 깃털을 꽂고, 몸에는 여러 가지 물감으로 아름다운 무늬를 그렸으며, 한 손에는 창을 들고, 다른 손에는 방패를 든 모습이었습니다. 하지만 그들의 사진을 본 구라파 사람들은 이렇게 말했지요. "족장다운 존재감이 전혀 없구나! 애처롭고, 둔감할 뿐이다!" (기침을 한다) 그래서 아비리가 족장들은 짐승처럼 무참하게 학살당하고…… 그들의 영토는 갈갈이 찢겨…… 영국, 불란서, 화란, 독일 등,

구라파 각국의 식민지가 됐습니다.

고종황제 (침묵)

이등박문 폐하, 사진이란 그렇게 가장 효과적인 침략 도구입니다.

고종황제 이토 공, 걱정해줘서 고맙구려. 하지만 미국은 짐의 목숨
과 영토를 빼앗지 않을 것이오.

이등박문 폐하께선 참으로 순진하십니다. 사진을 본 것과 보지 않
은 것은, 생각이 완전히 달라집니다. 너구나 미국 대통령
의 집 백악관은, 세계 각국의 우두머리들이 드나드는 곳
이지요. 미스 앨리스가 그들에게 폐하의 사진을 구경거
리로 보여줄 텐데, 그 결과는 불을 보듯이 뻔합니다.

고종황제 불 보듯 뻔하다니……?

이등박문 세계 각국이 대한제국을 집어삼키려 몰려들 것입니다.

고종황제 (침묵)

이등박문 존엄하신 황제 폐하, 어서 서둘러 대책을 세우셔야 합
니다!

고종황제 대책이라면…… 어찌 해야 좋겠소?

이등박문 경성에 일본제국의 통감부를 설치하고, 외국과 관련된
모든 일을 맡기십시오!

고종황제 (침묵)

이등박문 제가 통감이 되어 폐하의 존엄과 안녕을 지키겠습니다.

고종황제 이토 공이 통감……?

이등박문 그렇습니다, 폐하. (기침을 한다) 저 아닌 적임자가 있으십
니까?

고종황제   (침묵)

이등박문   폐하의 신하들은 외교가 무엇인지 전혀 알지 못합니다. 그것을 아는 자가 단 한 명이라도 있었다면, 폐하께서 미국 대통령 딸에게 함부로 사진 주는 일은 막았을 것입니다.

고종황제   (침묵)

이등박문   존엄하신 황제 폐하, 그럼 저는 통감부 윤허를 받고 물러갑니다!

이등박문, 퇴장한다. 고종황제, 침묵한 채 서 있다.

1906년 3월 20일
경성 주재 독일 공사관. 독일 공사와 부인, 여행용 가방에 옷과 소지품을 담는다. 김규진, 등장한다. 그는 몹시 수척한 모습이다.

김규진   공사 각하!

독일공사   누구시오……?

공사부인   베어 진트 지?

김규진   저를 아실 텐데요.

독일공사   (김규진을 한참 바라본다) 글쎄, 누구신지……?

김규진   폐하께서 각국 공사들을 초청한 연회 때마다 제가 기념 사진을 촬영해 드렸습니다.

독일공사   아, 황제의 사진사!

김규진   모두 떠나시는군요. 화란 공사 각하, 영국 공사 각하, 불란서 공사 각하도 떠나시고, 이젠 독일 공사 각하마 저…….

독일공사   일본 통감부가 설치된 후, 이 나라는 더 이상 외국 공관이 필요 없게 됐소.

김규진   제가 사용하는 사진기는 독일제입니다.

독일공사   애프터서비스 문제라면 농경의 독일 공사관에 문의하시오.

김규진   각하, 사진기는 독일제가 세계 최고입니다. 매우 정밀하고 튼튼하게 만들어서 고장 나지도 않습니다.

독일공사   그럼 뭐가 문제요?

김규진   사진이 문제지요.

독일공사   다스 포토?

김규진   세계 최고의 사진기로 촬영한 폐하의 사진을 보고, 미국 공주는 왜 황제다운 존재감이 없다고 했을까요?

독일공사   난 노코멘트 하겠소.

김규진   심지어 폐하를 애처롭고 둔감하다고 했습니다.

독일공사   (침묵)

김규진   각하, 부디 말씀해 주십시오!

독일공사   (침묵)

김규진   사진은 진실이다, 사진은 오직 사실만을 보여준다, 이렇게 믿고 있던 제가 지금은 혼란에 빠졌습니다.

독일공사   (침묵)

김규진 저는 원래 황제의 초상화를 그리던 궁중 화가입니다. 서양 문물에 관심이 크신 황제께선 그런 저를 일본 동경에 보내 2년 동안 사진술을 배우도록 하셨고, 귀국 후엔 황실 전속 사진사로 임명하셨지요. 그림보다는 사진이 정확하다는 인식을 가장 먼저 하신 분, 총명과 지혜가 가득한 황제이신데…… 지금 그 사진 때문에 엄청난 곤경에 처하셨습니다.

독일공사 황제는 황제, 사진은 사진이오.

공사부인 카이저 이스트 카이저, 포토 이스트 포토!

김규진 네……?

독일공사 주체와 객체는 일치하지 않소.

김규진 무슨 말씀이신지……?

독일공사 동양의 전근대적 사고방식은, 주체에서 파생된 객체를 주체와 동일하게 여기오. 그래서 사진을 보고 욕하면, 그 사진 속의 인물에게 욕하는 것이며, 사진을 찢거나 불태우면, 그 사진 속의 인물이 실제로 죽는다고 믿고 있소. 하지만, 일찍 근대화된 서양인들은 주체와 객체를 똑같다 여기지 않소. 인물 따로, 사진 따로, 얼마든지 분리가 가능하고, 인물과는 상관없이, 사진을 보는 사람마다 해석을 제각각 다르게 할 수 있소.

김규진 (침묵)

독일공사 아직 이해가 안 되오?

김규진 네, 각하…….

독일공사	예를 들어서 동양에서는 글과 인간을 똑같다고 생각하오. 그 사람의 글이 곧 그 사람이라는 것이지. 글만이 아니오. 그 사람의 말, 그 사람의 행동도 그 사람과 분리하지 않소. 하지만 그건 비합리적이며, 비이성적이오. 좋은 인간이 나쁜 글을 쓰는 경우도 있고, 나쁜 인간이 좋은 글을 쓰는 경우도 있으며, 또한 좋은 글을 나쁘게 읽는 인간도 있고, 나쁜 글을 좋게 읽는 인간도 없지 않소. 물론 사진 역시 마찬가지요. 황제 폐하의 사진을 본 인상이 존재감 없다, 우둔하다, 애처롭다고 말했다면, 그건 여러 가지 다양한 의견 중 하나요. 그러므로 주체인 황제께서 너무 충격 받을 문제가 아니며, 그 객체인 사진을 촬영한 사진사가 책임질 문제도 아니오. 왜! 주체와 객체는 일치하지 않기 때문이오! 이젠 아셨소?
공사 부인	페어쉬테헨 지 미히?
김규진	(침묵)
독일공사	대답이 없군.
김규진	이해 못 했습니다, 저는…….
독일공사	뭐, 그만둡시다. 전근대적 인간과 근대적 인간 사이에 대화가 될 리 없지! (여행용 가방을 들고 나가며) 마지막 충고요! 어서 빨리 전근대적 사고방식에서 벗어나시오! 그래야 당신들도 문명인이 될 수 있소!
공사 부인	헤르 포토그라프, 아우프 비더젠!

독일 공사 부부, 퇴장한다.

1910년 8월 29일

경운궁. 시종무관, 그는 울분에 차서 고함지른다.

시종무관 한일합방! 한일합방! 대한제국은 일본에게 완전히 먹혔
다! 황제 폐하는 명색뿐인 왕 전하로 강등하셨고…… 시
종무관인 나는 무장해제 당해 한낱 여염집의 머슴처럼
되었다! 억울하고 분통하구나! 이게 다 누구 탓인가? 육
손 경, 그 사진사 때문이다! 손가락 여섯 개 달린 그 사
진사가 사진을 잘못 찍어서 이런 참변을 당하게 됐다!

1919년 1월 21일

종로 네거리. 백성들, 등장. 그들은 거친 삼베옷을 입고, 머리와 허
리에 굵은 새끼줄을 둘렀으며, 기다란 죽장을 짚었다. 가수, 구슬프
게 곡한다.

가수   아이고 ― 아이고 ― 아이고 ―
백성들   아이고 ― 아이고 ― 아이고 ―
              아이고 ― 아이고 ― 아이고 ― ―

김규진, 등장한다. 그는 통곡하는 백성들에게 묻는다.

김규진	어찌 곡을 하며 계십니까?
백성들	고종 황제께서 승하하셨소!
김규진	폐하께서……?
가수	(김규진에게 다가와서 귀에 대고 속삭인다) 독살이오, 독살. 총독부에서 폐하의 수라상 음식에 독을 타게 했소.
김규진	독살……!
백성들	아이고— 아이고— 아이고— 아이고— 아이고— 아이고— 아이고— 아이고— 아이고—

시종무관, 등장. 그는 망연자실한 모습으로 서 있는 김규진을 발견한다.

시종무관	여기서 만나는군!
김규진	(침묵)
시종무관	이게 다 당신 탓이오!

시종무관, 두루마리를 김규진에게 내민다.

시종무관	폐하께서 당신을 만나거든 이 밀지를 꼭 전하라 하셨소!
김규진	폐하…….
시종무관	(통곡하는 백성들과 동참한다) 아이고— 아이고—
백성들	아이고— 아이고— 아이고—

아이고 — 아이고 — 아이고 —

아이고 — 아이고 — 아이고 — —

김규진, 무릎 꿇고 앉아서 두루마리를 펼쳐 읽는다.

김규진 "육손 경, 미국 공주에게 선물한 채색 사진을 찾아서 깨끗이 없애주오. 그 사진이 없어지지 않으면, 나는 죽어서도 영원히 치욕을 잊지 못할 것이오."

가수 아이고 — 그 사진이 없어지지 않으면

아이고 — 나는 죽어서도 영원히

아이고 — 치욕을 잊지 못할 것이오.

백성들 아이고 — 아이고 — 아이고 —

아이고 — 아이고 — 아이고 —

아이고 — 아이고 — 아이고 — —

김규진, 이마를 몇 번이나 땅에 찧더니 아들을 부른다.

김규진 아들아, 내 아들 석연아!

김석연, 등장한다.

김석연 네, 아버님!

김규진 (두루마리를 김석연에게 준다) 폐하의 밀지가 곧 내 유언이다!

김석연, 김규진의 뒤에 무릎 꿇고 앉아 두루마리를 펼쳐 목독한다.

김규진　너는 반드시 그 치욕적인 사진을 찾아 없애야 한다!

김석연　네, 아버님…….

김규진　네가 찾지 못하고 죽거든, 네 아들이 찾도록 하고, 그래도 찾지 못하면 네 아들의 아들이 대를 이어 찾도록 해라!

김석연　명심하겠습니다. 만우야, 나오너라!

김만우, 머뭇거리며 등장한다.

김만우　아버지, 난 아직 태어날 때가 아닙니다.

김석연　미리 너에게 유언한다. 내 뒤에 앉아서 받아라!

김만우, 김석연의 뒤에 무릎 꿇고 앉는다. 김석연, 김만우에게 두루마리를 넘겨준다. 김만우는 그것을 목독하고 김기태를 부른다.

김만우　기태야, 내 아들아!

김기태, 머뭇거리며 등장한다.

김기태　나도 등장할 때가 멀었습니다.

김만우　우리 집안 대대로 유언이다. 내 뒤에서 이어 받아라!

김석연　어서 받아!

김기태   네.

김기태, 김만우의 뒤에 무릎 꿇고 앉는다. 김만우, 김기태에게 두루
마리를 넘겨준다. 김기태 그것을 펼쳐 목독한다. 악사들의 장송곡
연주와 백성들의 곡소리가 길게 이어진다.

2막

《김석연 (1893–1942)》

1920년 8월 4일
김석연의 〈경성 사신관〉. 어둠. 김석연의 우울한 목소리가 들려
온다.

김석연 이곳은 어둠상자… 앞도 막혀 있고, 뒤도 막혀 있고, 위
아래도, 좌우 양쪽도, 모두 다 막혀 어둠뿐인 곳……

찰칵, 사진기의 셔터가 열렸다가 닫히는 소리. 한줄기의 수직 조명,
어둠 속을 비춘다. 김석연, 구석진 곳 바닥에 앉아있다.

찰칵, 어둠상자의 작은 구멍이 열렸다가 닫히는 순간, 빛은 함정에
빠진다! 함정에 빠진 짐승은 몸부림치다가 운 좋게 벗어나 달아날
수 있지. 하지만 어둠상자 속에 빠진 빛은 달아나지 못해. 몸부림칠
겨를도 없어. 아주 순식간에, 어둠이 빛을 사로잡아 납작하게 짓눌
러 버리거든! 마치 종잇장처럼 얇게 짓눌러진 빛은, 어둠 속에 영원
히 갇힌 상태가 돼!

김석연, 바닥에 웅크리고 앉는다. 장상일 등장. 그는 대학생 정복과

정모를 착용하고 망토를 두른 차림이다.

장상일   여기가 경성 사진관이요?

김석연   (침묵)

장상일   (웅크리고 앉아 있는 김석연을 바라본다) 석연이, 자네가 있었군!

김석연   (침묵)

장상일   난 자네 친구 상일이네!

김석연   동경 유학생 장상일⋯⋯?

장상일   그래, 날세. 방학 중에 잠시 경성으로 돌아왔네!

김석연, 일어나 장상일을 바라본다.

김석연   자네도 어둠상자 속에 들어왔군.

장상일   어둠상자⋯⋯?

김석연   빛이 어둠을 이긴다는 것은 옛날이네.

장상일   그게 무슨 말인지⋯⋯?

김석연   이젠 아닐세. 어둠상자가 생긴 후 빛은 어둠을 이기지 못 해!

장상일   난 사진 찍으려고 왔네. 우리 어머님 말씀이, 와세다 대학생 모습의 내 사진을 꼭 갖고 싶다 하셔. 요즘은 사진만 보고 결혼 상대를 정하기도 하니까, 분명 어머님은 그런 용도로 쓰시겠지. 하지만 내가 너무 늦게 왔나? 밤이라서 촬영이 안 된다면 내일 낮에 다시 오겠네.

김석연   요즘은 밤에도 촬영해. 번쩍, 마그네슘을 터트려 임시로 가짜 빛을 만들거든.

장상일   참 좋은 시대야!

김석연, 카메라를 가지고 나온다.

장상일   자네 아버님이 쓰시던 사진기인가?

김석연   그때는 크고 무거웠지. 지금은 크기가 줄어서 훨씬 가벼워. 더구나 그때는 진짜 햇빛이 있어야 했네. 촬영 시간도 길어서 생각할 여유가 있었고…… (마그네슘을 터트릴 준비를 하며) 하지만 지금은 순식간일세!

사진기의 셔터를 누름과 동시에 마그네슘 조명이 번쩍 터진다. 장상일, 깜짝 놀라 정모를 떨어뜨린다.

장상일   이거 다시 찍어야겠어!

김석연   자네 모자가 떨어지기 전, 이미 어둠이 빛을 사로잡았네.

장상일   (정모를 주워 묻은 먼지를 털며) 뭐…… 사진 나온 걸 보면 알겠지. 언제 볼 수 있는가?

김석연   급하거든 내일 저녁에 오게.

장상일   그럼 내일 저녁 오겠네.

김석연   여보게, 상일이!

장상일   (걸음을 멈춘다)

김석연 나 좀 도와주게!

장상일 (뒤돌아서서 의아로운 표정으로 김석연을 바라본다)

김석연 난 미국에 가고 싶네!

장상일 미국에는 왜……?

김석연 꼭 찾아야 할 것이 있어!

장상일 그게 뭔데?

김석연 하지만 사방이 꽉 막혀서 나갈 수가 없군! 이곳 경성은 어둠상자, 동경은 어둠상자의 렌즈일세! 사상, 학문, 예술, 온갖 문물이 동경을 거쳐서 이곳으로 들어오거든!

장상일 그건 자네 말이 맞네.

김석연 이 세상의 그 어떤 것도 동경을 거치지 않고는 들어 올 수 없듯이, 이 세상 어느 곳도 동경을 거치지 않으면 나갈 수 없지! 상일이, 부탁하네! 자넨 동경 유학생이니, 동경에서 미국으로 가는 방법을 알아봐 주게!

장상일 그거야…… 내가 동경에 돌아가면 알아봄세.

김석연 (장상일의 손을 잡는다) 고맙네!

장상일 친구 부탁인데 해야지!

장상일, 퇴장. 악사들과 가수, 〈황성옛터: 왕평 작사. 전수린 작곡〉를 연주하고 노래한다. 어둔 밤거리를 서성이는 사람들이 하나둘 따라 부르며 모이더니 합창이 된다.

가수 황성옛터에 밤이 되니 월색만 고요해

폐허에 설운 회포를 말하여 주노나
아 외로운 저 나그네 홀로 잠 못 이뤄
구슬픈 벌레 소리에 말없이 눈물져요

합창   성은 허물어져 빈터인데 방초만 푸르러
세상이 허무한 것을 말하여 주노나
아 가엾다 이 내 몸은 그 무엇 찾으려
끝없는 꿈의 거리를 헤매어 있노라

1920년 8월 10일
경성 사진관. 장상일, 등장한다.

장상일   석연이, 어디 있나?

김석연   여기…… 미국 가는 방법을 알았는가?

장상일   아직 방학이라 경성에 있네.

김석연   (침묵)

장상일   지난 번 자네가 찍은 사진 정말 좋았어! 자랑스런 와세다 대학 교모도 내 옆구리에 찰싹 달라붙어 있더군. 우리 어머님이 대단히 만족하셨지! 그래서 오늘은 내가 답례하러 온 걸세!

장상일, 음악회 입장권 두 장을 꺼내 보인다.

장상일	오늘 밤 자네를 좋은 곳으로 데려가겠네! 윤혜영 첼로 독주회! 윤인부 백작의 딸, 동경음악대학 수석 졸업생! 게다가 빼어난 미인일세!
김석연	난 관심 없네…….
장상일	석연이, 이 표는 아주 어렵게 구했어!
김석연	(침묵)
장상일	기분도 전환할 겸 나와 함께 가세!

장상일, 김석연의 팔을 붙잡아 이끌며 나간다. 무대 조명, 환하게 밝는다. 음악당. 조원재, 오길남, 하세가와, 등장. 그들은 흰색 양복 차림에 은제 손잡이가 달린 단장을 든 댄디스트 모습이다.

조원재	이 많은 청중들을 보게! 넓은 음악당이 가득 찼군!
오길남	음악 애호가는 몇 명 없어!.
하세가와	맞아. 거의 모두 윤혜영이 얼마나 예쁜가 그걸 보려고 온 거지!
오길남	나도 그렇다네!
조원재	나도 그래!

장상일, 조원재를 데리고 등장한다.

장상일	이보게들!
오길남	어, 상일이도 왔는가!

장상일   내 친구 김석연이네. 이쪽은······.

조원재   상일이의 친구 조원재입니다.

오길남   나는 오길남이요.

하세가와 (김석연에게 먼저 악수를 청한다) 하세가와 히데오입니다.

김석연   하세가와······?

하세가와 일본식 이름이라 당황하시는군. 우리 부친께서 한일합
            방 공로로 남작 작위도 받으시고, 중추원 의원도 되셔서,
            우리 가문은 창씨개명 했습니다.

조원재   김석연 씨는 어떤 일을 하십니까?

김석연   네····· 동대문 근처에서 사진관을 합니다.

하세가와 총독부 전속 사진사는 어떤가요?

김석연   총독부······.

하세가와 원하시면 내가 주선해 보겠습니다.

김석연   아뇨, 됐습니다.

조원재   (하세가와에게) 자넨 아버지 덕분에 인생이 편해!

하세가와 자네 역시 엄청난 재산가의 아들 아닌가!

오길남   브라보! 우리 모두 즐거운 인생일세!

            세 사람, 폭소를 터트린다. 김석연, 뒷걸음으로 물러선다.

김석연   여긴 내가 올 곳이 아닌 것 같군.

장상일   (김석연을 붙잡는다) 곧 시작할 텐데 가지 말게!

하세가와 (관객석으로 가서 입장권을 꺼내 좌석 번호를 확인한다) 여기 이 자

리가 우리 자리인데…… 다른 사람이 앉아 있네.

조원재   점잖은 체면에 시비를 걸 수도 없고…… 어떻게 한다?

오길남   (악사들이 있는 곳으로 가며) 저기, 좋은 자리 있네!

악사들, 접이식 의자들을 펴서 나란히 놓는다. 오길남, 조원재, 하세가와, 의자에 앉는다. 오길남, 장상일에게 손짓한다.

오길남   자네들도 이리 오게!

하세가와   최고 좋은 일등석일세!

장상일, 김석연을 데리고 가서 함께 앉는다. 여성 사회자, 등장. 의자를 들고 와서 무대 한가운데 놓는다.

사회자   신사숙녀 여러분, 지금부터 윤혜영의 첼로 연주회를 시작하겠습니다. 연주 중에는 정숙하세요. 큰 소리로 잡담을 하시거나 기침을 하시면 안 됩니다. 다시 한 번 알려드립니다. 조용히, 정숙하고, 감상하세요!

윤혜영, 이브닝드레스 차림으로 첼로를 들고 등장. 그녀는 관객석을 향해 정중히 인사하고 무대 가운데 의자에 앉는다. 조원재, 하세가와, 오길남, 윤혜영을 바라보며 외친다.

하세가와   아름답도다! 아름다워!

오길남　과연 경성 제일 미인이로다!

조원재　오호라, 난 첫눈에 반했네!

장상일　왜들 이러나? 윤혜영이 연주를 못하고 있잖는가!

윤혜영, 소란이 그칠 때까지 기다렸다가 첼로를 연주한다. 그녀의 연주가 끝나기도 전에 조원재, 하세가와, 오길남, 벌떡 일어나서 박수친다. 윤혜영, 굳은 표정으로 그들을 바라본다. 그녀는 연주를 중단하고 퇴장한다.

네 사람　브라보! 브라보!

사회자　(눈살을 찌푸린다) 예상치 못한 소란으로, 연주회는 이것으로 마칩니다. (의자를 들고 나가며) 저 불한당 같은 놈들!

장상일　정말 미인일세! 내 눈이 아름다운 모습에 흠뻑 취해서, 내 귀엔 첼로 소리가 들리지 않았네!

오길남　아니, 자네마저……?

하세가와　윤혜영을 넘보지 말게! 내 색시 될 사람일세!

조원재　하하하, 우리 모두 연적이 되었군!

하세가와　이러다간 연적끼리 사생결단 싸움이 벌어지겠네!

조원재　싸움은 술집에 가서 하세!

조원재, 하세가와, 오길남, 퇴장한다. 장상일, 그들과 함께 가려다가 김석연에게 되돌아온다.

장상일 석연이, 자넨 왜 가만히 앉아 있나?

김석연 고맙네!

장상일 응…?

김석연 나를 연주회에 데려와줘서. 난 음악 듣고 알았네. 어둠은 빛을 이기지만 소리는 못 이겨!

장상일 무슨 말인가?

김석연 어둠이 소리를 잡으려고 해도, 소리는 붙잡히지 않거든!

장상일 미안하네, 난 술집에 가야겠어!

장상일, 다급히 뛰어간다.

1920년 9월 7일

윤인부 백작의 저택. 이층 방. 둥근 보름달이 뜬 밤. 윤혜영, 연분홍 치마와 노랑 저고리를 입은 단아한 모습으로 첼로를 연주한다. 김석연, 저택 담장 밖 어둔 곳에 서서 첼로 연주를 듣는다. 사이. 윤혜영, 무엇인가 의식한 듯 창문을 열고 담장 밖을 바라본다.

윤혜영 당신은 누구시죠?

김석연 (침묵)

윤혜영 어제도, 오늘도, 담장 밖에서 첼로 연주를 듣는 당신은 누구신가요?

김석연 (침묵)

윤혜영 오늘 밤은 보름달이 밝아요. 이쪽을 바라보세요.

김석연　(침묵)

윤혜영　아무 말씀도 안 하시고, 얼굴도 보여주지 아니 하시면, 나는 연주를 않겠어요.

김석연, 고개를 들고 윤혜영을 바라본다.

윤혜영　몹시 슬픈 얼굴이군요…….

김석연　난 당신의 연주에 큰 위안을 받습니다.

윤혜영　매일 밤마다 오세요.

김석연　네.

윤혜영　당신을 위해 연주해 드리죠.

김석연　고맙습니다.

1920년 10월 18일

일본 동경. 하숙집. 한줄기 조명, 무대 한쪽 구석을 비춘다. 장상일, 책상 앞에 앉아서 김석연에게 편지를 쓴다. 이 장면은 김석연이 윤혜영의 첼로 연주를 듣는 장면과 겹쳐 진행한다. 장상일, 다 쓴 편지 내용을 확인하려고 읽는다.

장상일　석연이, 잘 있는가? 나는 방학 끝난 후 동경에 돌아와서 자네 부탁을 알아봤네. 미국 가는 여객선이 여럿 있더군. 하와이, 샌프란시스코, 멀리 파나마 운하 지나서 뉴욕까지도 있어. 하지만 일본 외무성의 출국 허가를 받아야 탈 수 있는데, 조선인에겐 무척 까다로워. 신원이 조금만 불확실해도 허가 안 하고, 출국 목적이 약간만 수상해도 허가 못 받네. 자넨 꼭 찾을 것이 있어 미국에 간다고 했지? 그것이 무엇인가? 이 편지 받는 대로 그것을 확실히 답장해 주게.

장상일, 편지를 접어 봉투에 넣는다.

1920년 11월 23일
장상일, 다시 편지를 쓴다. 그리고 확인하듯 읽는다.

장상일 석연이, 답장 잘 받았네. 미국 가는 목적이 고종황제의 채색 사진을 찾기 위해서라니…… 그게 정말인가? 외무성이 절대로 허가 안 할 걸세. 설혹 허가를 해도, 자네가 미국 어디에서 앨리스란 여자를 만날 수 있겠는가? 아무리 생각해도 불가능한 일…… 차라리 이 편지는 부치지 않고 찢어버리겠네!

장상일, 편지를 찢는다. 첼로 연주 멈춘다. 무대 조명, 암전한다.

1921년 3월 2일
조원재, 하세가와, 오길남, 등장. 그들은 방금 주점에서 나온 듯 술에 취한 모습이다.

하세가와 오늘도 우리 싸움이 결판나지 않는군!

오길남 난 윤혜영을 양보 못해!

조원재 나도 양보할 수 없네! (단장으로 칼싸움 시늉을 하며) 우리 결투로써 결판 짓세!

오길남 좋아, 목숨 걸고 싸워!

하세가와 하하, 하하하!

조원재 웃지 말고 결투에 응하게!

하세가와 그건 불한당이나 하는 짓이지! 우린 신사답게, 직접 윤혜영에게 결정을 맡기세.

오길남 직접 결정을……?

하세가와 우선 윤혜영의 아버지 윤인부 백작을 찾아뵙고, 괜찮으시다면 따님의 직접 결정을 듣는 자리를 마련해 달라고 말씀 드리세.

오길남 아주 좋은 생각일세!

조원제 나도 동의하네!

1921년 3월 15일

윤인부 백작 저택. 윤인부 백작이 조원재, 하세가와, 오길남을 맞이한다.

세 사람 저희가 왔습니다, 백작 어르신!

윤인부 어서들 오게나!

조원재 감사합니다. 그런데 따님께 미리 말씀은 하셨는지요?

윤인부   물론 했지. 오늘은 혜영이가 자네들 중에서 선택할 것
이네.

하세가와   오늘이 운명의 날이군요! 아…… 제 심장이 터지려고 합
니다!

오길남   제 심장은 이미 터졌습니다!

윤인부   (호탕하게 웃으며) 난 자네들을 모두 사위 삼고 싶네. 인물
좋고, 가문 좋고, 재산 많고…… 세 쌍둥이 딸이 있다면
얼마나 좋겠는가! 하지만 유감스럽게도 나에겐 무남독
녀 하나뿐일세.

윤혜영, 등장한다.

윤혜영   아버지…….

윤인부   모두 너를 기다리고 있다.

윤혜영   제가 아버지께 소개할 사람이 있어요.

윤인부   소개할 사람이라니?

하세가와   (오길남과 조원재에게) 우리 말고 또 누가 있지?

오길남   글쎄…… 장상일인가?

조원재   상일이는 동경 가고 없네.

윤혜영, 밖을 향해 말한다.

윤혜영   들어오세요!

김석연, 등장. 조원재, 하세가와, 오길남, 놀란 표정이 된다. 윤인부, 김석연을 의아롭게 쳐다본다.

윤인부 도대체…… 누구냐?

오길남 저희는 누군지 압니다!

윤인부 알고 있다……?

하세가와 네. 저 사람 부친이 멸망한 대한세국의 황실 사진사였다고 합니다.

윤인부 육손 경……? (불쾌한 표정으로 김석연에게 묻는다) 자네 부친이 손가락 여섯 개 그 사진사인가?

김석연 그렇습니다.

윤인부 당장 밖으로 나가게! 나라를 망하게 한 자의 아들은 내 사위가 될 수 없네!

윤혜영 아버지…….

윤인부 네가 선택할 사람은 여기 있는 신사 셋 중에 하나다!

윤혜영 이 셋은 전혀 신사가 아니에요.

윤인부 넌 지금 무슨 소릴 하는 거냐?

윤혜영 (세 사람에게) 내가 말 안 해도 당신들은 자기가 어떤 사람인지 잘 아시겠죠!

오길남 아, 첼로 연주회…… 우리의 열광적인 태도를 못 마땅히 여기셨다면 사과드립니다.

하세가와 우리는 순수한 음악 애호가지요!

조원재 음악을 좋아할 뿐, 다른 의도는 전혀 없었습니다!

윤인부　신사의 열정을 무례라고 생각마라.

조원재　맞는 말씀이십니다, 백작 어르신.

윤혜영　아버지는 저렇게 뻔뻔스런 사람이 제 남편이기를 바라
세요?

윤인부　난 오직 너의 행복을 바랄 뿐이다!

윤혜영　그럼 제가 선택한 이분과 결혼을 승낙해 주세요.

윤인부　안 된다, 절대 안 돼! (김석연에게) 어서 썩 물러가!

윤혜영　(김석연의 손을 잡는다) 우리 함께 나가요.

윤인부　안 돼! 너는 가지 마라!

윤혜영, 김석연과 퇴장한다. 조원재, 하세가와, 오길남, 몹시 난처한
모습이다.

하세가와　뭔가, 우리 꼴이……?

오길남　닭 쫓던 개꼴이지!

조원재　(윤인부에게) 저희 개들은 물러갑니다.

세 사람　안녕히 계십시오.

조원재, 하세가와, 오길남, 컹컹 개 짖는 소리를 흉내내며 퇴장한
다.

윤인부　혜영아! 네가 어찌 나를 이렇게 만드느냐!

무대 조명, 암전한다.

1921년 4월 21일

경성 사진관. 김석연, 정중한 태도로 소반에 물 한 그릇을 담아 들고 와서 내려놓는다. 윤혜영, 등장. 그녀는 검소한 한복을 입고 머리에 하얀 너울을 썼다. 김석연과 윤혜영, 마주선다.

김석연   미안하오. 물 한 그릇 떠 놓았소.

윤혜영   (미소를 짓고 김석연을 바라본다) 네…….

김석연   나는 지극히 못난 남자요. 슬퍼하고 괴로워 할 뿐, 그걸 이겨낼 능력이 없소. 하지만 이 세상엔 능력 있는 남자들이 많으니, 혼례 전에 다시 한 번 신중히 생각해 주오.

윤혜영   그 남자들은 저 없어도 행복해요.

김석연   진정…… 후회 않겠소?

윤혜영   당신이 슬프지 않고 괴롭지 않기를…… 저는 진정으로 당신의 아내가 되고 싶어요.

김석연   고맙소.

윤혜영   신부, 신랑께 큰절 드려요

김석연   신부는 신랑의 큰절을 받으시오.

김석연과 윤혜영, 서로 엎드려 맞절한다. 악사들이 〈봄날은 간다〉를 연주하고 가수는 노래한다. 오색 종잇조각들이 무대 천정에서 휘날리며 내려온다.

가수 연분홍 치마가 봄바람에 휘날리더라
오늘도 옷고름 씹어가며
산제비 넘나드는 성황당 길에
꽃이 피면 같이 웃고 꽃이 지면 같이 울던
알뜰한 그 맹세에 봄날은 간다

김석연과 윤혜영, 물그릇이 놓인 소반을 함께 들고 퇴장한다.

1924년 4월 17일
윤인부 백작의 저택. 윤인부, 등장. 그는 마당에 떨어진 꽃잎들을
바라보며 탄식한다.

윤인부 딸은 키워봐야 아무 소용없다! 망할 것! 이 애비 거역하
고 집 나간 지 몇 년인가…… 무정하다, 무정해! 올해도
봄꽃이 다 졌구나! 거기 누구 없느냐? 떨어진 꽃잎들을
다 쓸어내라!

가수, 빗자루와 쓰레받기를 들고 무대로 올라간다. 그는 노래하며
흩어져 있는 오색 종잇조각들을 쓸어 모은다.

가수 새파란 풀잎이 물에 떠서 흘러 가더라
오늘도 꽃 편지 내던지며
청노새 짤랑대는 역마차 길에

볕이 뜨면 서로 웃고 볕이 지면 서로 울던
실없는 그 기약에 봄날은 간다

윤인부, 퇴장. 가수, 오색 종잇조각들을 쓰레받기에 담아서 자기 자리로 돌아간다. 악사들, 연주 마친다.

1929년 10월 14일
갓 태어난 아기 울음소리가 크게 확대되어 들린다. 무대 후면 자동문이 열리며 산파가 강보에 싸인 갓난아기를 안아들고 등장. 김석연, 초조하게 기다리고 있다.

산파　　아드님이에요, 아드님!

김석연　산모 건강은 어떻소?

산파　　네, 산모는 염려 안 하셔도 됩니다만…… 아기가 좀…… 이상해요…….

김석연　어서 말해 보시오!

산파　　아기 오른손 손가락이…… 여섯입니다.

김석연　손가락이 여섯……?

김석연, 강보를 풀어 헤쳐 아기의 손가락을 살펴본다. 김만우, 김기태, 등장. 그들은 김석연의 등 뒤에서 어깨 너머로 아기의 손가락을 바라본다.

김석연　하나, 둘, 셋, 넷, 다섯, 여섯…… 아버지…… 아버지가 태어났다!

무대 조명, 암전한다.

1938년 1월 20일
일본 동경. 하숙집. 유카타 차림의 장상일이 최근에 구입한 이안식 카메라를 신기한 물건 다루듯 어루만지고 있다. 하나코, 등장한다.

하나코　아나타.

장상일　하이.

하나코　쿄죠까라 오가꾸사마가 이랏샤이마시다.

장상일　경성에서 손님이……?

장상일, 문 쪽을 바라본다. 김석연, 등장. 그는 초췌한 모습으로 여행용 가방을 들고 있다.

장상일　어, 석연이 아닌가?

김석연　바로 날세.

장상일　이거 놀랍군, 자네가 동경에 오다니!

하나코　아나타노 도모다찌데스까?

장상일　소데스. 내 아내 하나코일세.

하나코　하지메마시데!

장상일	내가 이 하숙집 주인일세. 하숙집 딸과 결혼하고 넘겨받았지. 야마모토 겐이치, 이름도 일본식으로 바꿨다네. 하나코, 차 좀 내오겠소?
하나코	(퇴장하며) 하이. 조또마떼구다사이.
장상일	윤혜영과 자네 결혼은 소문 듣고 알았지. 정말 굉장한 사건이었네!
김석연	아들이 태어났어…….
장상일	아들, 잘 됐군!
김석연	그런데 아버지였네.
장상일	아버지……?
김석연	음…… 내가 윤혜영과 결혼해서 행복하니까…… 아버지의 유언을 잊지 않도록…… 그러니까…… 육손 달린 아버지가 태어나셨네!
장상일	(웃는다) 하하, 손가락이 닮았다고 아버지겠나!
김석연	여보게, 상일이. 내 편지 받았었는가?
장상일	받았지.
김석연	기다리고 기다렸지만 답장이 없었어.
장상일	썼다가 찢어버렸네.
김석영	왜……?
장상일	자넨 제정신이 아니더군!
김석연	제정신이 아니라니……?
장상일	고종황제의 사진을 찾으려고 미국에 간다, 그게 얼마나 위험한 짓인 줄 아는가? 멸망한 조선 왕조를 복귀시키려

는 행위는 반역죄야! 온갖 혹독한 고문을 받다가 사형에 처해지는 것이 반역죄라구!

김석연   난 오직 사진을 찾으려는 것일세.

장상일   일본 형사들이 그 말을 믿겠는가?

김석연   내가 사실대로 설명하면 믿겠지!

장상일   뭐라고 설명해도 소용없어! 그들은 자네의 사진 찾는 목적이 조선을 되찾기 위한 것이라고 생각할 걸세!

김석연   (침묵)

장상일   내가 사실을 말해 주지! 자네 부친이 고종 황제의 사진을 찍기 전에, 일본 총리 가쓰라와 미국 육군장관 태프트가 이미 밀약을 맺었다네!

김석연   밀약?

장상일   일본은 조선을 가져라, 미국은 비율빈을 갖는다. 이젠 알겠는가? 앨리스에게 사진을 선물한 것 자체가 헛된 일이었어!

김석연, 여행용 가방을 들고 나가려 한다.

장상일   어딜 가려나……?

김석연   자네 도움 없이 난 미국 가겠네.

장상일   자넨 절대로 출국허가를 받지 못 해!

김석연   그럼 밀항이라도 해야지.

장상일   밀항? 항구마다 경비가 삼엄한데 밀항이라니?

김석연 (침묵)

장상일 이제 곧 전쟁이 터져!

김석연 전쟁……?

장상일 엄청난 세계 대전! 조선을 집어 삼킨 일본이 만주도 삼켰고, 중국도 삼킬 것이네. 그리고 먹으면 먹을수록 더 배고픈 아귀처럼, 인도차이나, 비율빈, 버마, 심지어 태평양 전체를 먹어치우겠시. 미국은 ㄱ 꼴을 가만히 보고 있겠는가?

김석연 그러니까…… 전쟁나기 전에 가야지.

장상일 석연이, 미련한 짓말게! 밀항하겠다고 항구를 어물쩍거렸다가는 당장 붙잡혀!

김석연 (침묵)

장상일 일본 감옥은 죽음이야! 불령선인은 살아서는 못 나와!

김석연 난 그래도…… 가야겠네.

장상일 그렇게 죽고 싶거든 중국 상해로 가! 상해에는 대한민국 임시 정부가 있어. 조선 왕조 복귀하려다 죽느니, 독립 운동하다가 죽는 것이 낫지!

하나코, 찻잔을 쟁반에 담아들고 온다.

하나코 오짜노미즈가 쿠온니 나리마스요!

김석연 찻물이 뜨겁다는군.

하나코 (쟁반을 내려놓으며) 쥬이시데 구다사이.

장상일　석연이, 진정하고 앉게. 우리 차 한 잔 마시세.

김석연　(주춤주춤 앉는다)

장상일　자네, 최근에 나온 사진기 봤나?

김석연　사진기……?

장상일　내가 신상품을 구입했네. 이 사진기는 신기하게도 렌즈가 위아래로 둘 달렸어. 위쪽 렌즈는 촬영할 대상을 반사판에 비춰주고, 아래쪽 렌즈는 대상을 필름에 담지. (고개를 숙여 이안식 카메라의 반사판을 바라본다) 이렇게 반사판을 보면서 정확히 초점을 맞춘 다음, 보턴을 살짝 누르면 돼. 이젠 누구나 선명한 사진을 찍을 수 있네! 석연이, 동경에 온 기념으로 내가 자네를 멋지게 찍어 주지!

김석연　잘 있게. 나는 경성으로 되돌아가네.

김석연, 일어나서 가방을 들고 나간다.

하나코　에? 오가꾸사마!

장상일　차도 안 마시고 가버렸군!

1941년 12월 8일
전폭기 편대의 공습. 프로펠러 굉음과 폭발음이 뒤섞여 들려온다.
완전무장한 일본군대 등장. 그들은 욱일기를 들고 외치면서 행진
한다.

일본군대   진주만 공습!

적 태평양 함대 괴멸!

천황 폐하 만세!

1942년 1월 2일

전차의 무한궤도 돌아가는 소리가 요란하다.

일본군대   마닐라 점령!

천황 폐하 만세!

1942년 2월 15일

행진하는 일본 군대의 저벅저벅 군홧발 소리가 증폭되어 확성기로 들린다.

일본군대   싱가포르 함락!

말레이, 자바, 점령!

버마 진군!

천황 폐하 만세!

1942년 6월 20일

김석연, 밧줄 올가미를 들고 어둔 구석에 앉아있다. 악사들이 〈사의 찬미 : 윤심덕 작사. 이바노비치 작곡〉를 연주하고, 가수는 노래한다.

가수	광막한 광야를 달리는 인생아
	너의 가는 곳 그 어데이냐
	쓸쓸한 세상 험악한 고해에
	너는 무엇을 찾으려 하느냐

웃는 저 꽃과 우는 저 새들이
그 운명이 모두 다 같구나
삶에 열중한 가련한 인생아
너는 칼 위에 춤추는 자로다

눈물로 된 이 세상이
나 죽으면 고만일까
행복 찾는 인생들아
너 찾는 것 허무
너 찾는 것 허무

윤혜영, 불안한 모습으로 등장. 김석연을 발견하고 안심한다.

윤혜영	당신 여기 있었군요!
김석연	(침묵)
윤혜영	온종일 안 보여서 걱정했어요!
김석연	(일어선다) 그동안 나 때문에 고생 많았소…….
윤혜영	네……?

김석연 정말 미안하고 고맙구려. 이제 나는…… 사진관 뒤뜰 나무에…… 목을 맬 거요.

윤혜영 당신, 죽으면 안 돼요!

김석연 (품 안에서 사진을 꺼내 주며) 이 사진은 내가 죽은 후 만우에게 전해주오. 앨리스가 가져간 고종황제 채색 사진과 똑같아서 그 사진을 찾는데 증거물이 될 것이오. 나는 찾지 못해 숙지만, 내 아들 만우는 반드시 찾아야 하오.

윤혜영 아뇨! 당신 목숨보다 더 소중한 건 없어요!

김석연 하지만 나는…… 더 이상 살고 싶지 않소…….

김석연, 밧줄 올가미를 목에 걸고 퇴장한다. 윤혜영, 그를 붙잡으려 뒤따라간다.

윤혜영 안 돼요! 죽지 마세요!

잠시 후, 윤혜영의 울부짖음이 들려온다.

1945년 8월 6일
원자폭탄의 거대한 버섯구름이 무대 후면에 영상으로 나타난다.

1945년 8월 15일
일본 천황의 항복 육성이 라디오 방송으로 들린다. 윤혜영, 등장. 그녀는 기쁨과 슬픔이 복받치는 모습이다. 김규진, 김석연, 김만우,

김기태 등장. 그들은 윤혜영의 뒤쪽에 나란히 선다.

윤혜영　　당신…… 성급했어요.

김석연　　미안하오…….

윤혜영　　조금만 더 참고 기다렸으면 좋았을 텐데…….

김석연　　(침묵)

윤혜영　　그래도 나는 당신 사랑한 걸 후회 안 해요!

무대 조명, 암전한다.

3막

《김만우(1926-1989)》

1950년 10월 14일
악사들, 행진곡을 연주한다. 서울 국군 징병 신체검사장. 행정장교
와 군의관, 등장. 책상 앞에 앉아 서류들을 들춰본다.

행정장교 (문 쪽을 향해) 다음 사람 들어와!

김만우 안녕하십니까!

행정장교 이름!

김만우 김만우입니다!

행정장교 생년월일은?

김만우 1926년 10월 14일입니다!

행정장교 10월 14일?

의무관 그럼 바로 오늘이 생일인데?

김만우 넷, 그렇습니다!

의무관 축하해. 징병검사 하다가 이런 일은 처음이야.

행정장교 김만우, 사실 대로 대답해. 북한 괴뢰군이 서울을 점령했을 때 뭘 하고 있었지?

김만우 사진관의 캄캄한 암실에 숨어 지냈습니다.

행정장교 사진관 암실……?

김만우   정부가 한강 다리를 끊어서…… 피난도 못 가고…….

행정장교   북괴군 환영대회에 참석했거나 부역한 적은 없는가?

김만우   넷, 없습니다!

행정장교   됐어. 신상조사는 끝났다.

군의관   다음은 신체검사다. (지휘봉으로 먼 곳을 가리키며) 저기 칠판에 쓴 글자들이 보이나?

김만우   넷, 보입니다!

군의관   큰 글자, 작은 글자, 다 보이는지 큰소리로 읽어!

김만우   (군의관이 가리킨 곳을 바라보며 또박또박 읽는다) 나는, 조국의, 통일과, 자유를,

행정장교   목소리 크게!

김만우   나는, 조국의, 통일과, 자유를, 위해서, 목숨 바쳐, 싸울 것을, 맹세한다!

군의관   시력 좋네.

행정장교   목청도 좋고.

군의관   다음은 제자리 뛰기 5회 실시!

간호장교   실시!

김만우   (제자리 뛰기를 다섯 번 한다)

군의관   엎드려 팔 굽혀 펴기 10회 실시!

간호장교   실시!

김만우   (엎드려 팔 굽혀 펴기를 열 번 한다)

군의관   팔 벌려 올렸다가 내리기 3회 실시!

간호장교   실시!

김만우	(두 손을 올렸다 내리기를 한다)
간호장교	그만!
군의관	두 눈, 두 다리, 두 팔, 아무 이상 없군. 마지막으로 손가락 검사를 하겠다.
김만우	손가락 검사요……?
군의관	그렇다. 양손의 손가락을 모두 펴라!
김만우	(잠시 망설인다)
간호장교	실시!!
김만우	(손가락을 펼친다)
행정장교	어, 오른손 손가락이 여섯 개?
군의관	우리 국군에 손가락 네 개 달린 군인이 있는가?
행정장교	음…… 없지.
군의관	손가락 여섯 개 달린 군인은?
행정장교	없어, 그런 군인도.
군의관	(김만우에게) 유감이다. 너는 신체검사 불합격이야!
김만우	국군에는 없지만 미군에는 있습니다!
군의관	미군엔 있다고……?
김만우	넷. 미군에는 하얀 얼굴의 군인도 있고, 까만 얼굴의 군인도 있는데, 손가락 하나 더 달린 군인이 왜 없겠습니까?
행정장교	그 말이 맞아! 미군 쪽에서 카투사 병을 보내달라는 요청도 있으니 합격시켜!
군의관	김만우, 신체검사 합격! 신병 훈련 후 미군부대로 보내겠다!

김만우　감사합니다! 미군에 배치되면 저는 미국에도 갈 수 있겠군요!

행정장교　뭐, 미국에 가고 싶나?

김만우　넷! 저는 미국에 꼭 가야합니다!

행정장교, 군의관, 웃음을 터트린다.

행정장교　좋다. 미국에 가고 싶거든 이번 전쟁에서 반드시 이겨야 한다! 만약 진다면 엉뚱한 중국이나 소련으로 가게 돼! 알았나?

김만우　넷, 알았습니다!

김만우, 퇴장한다.

군의관　우리 내기 할까?

행정장교　무슨 내기……?

군의관　다음에도 육손이면 내가 맥주 살 테니, 아니거든 그쪽에서 맥주 사게.

행정장교　좋아. (문을 향해 외친다) 다음 사람 들어와!

1951년 3월 26일

미군 캠프 험프리. 세탁장. 카투사 이 병장, 최 상병, 김만우, 입식 다림판과 다리미를 들고 등장. 김만우는 군복을 입고 일병 계급장을 달았다.

이병장　김 일병, 다림판 설치!

김만우　넷!

김만우, 입식 다림판의 다리를 펼쳐 세 개 나란히 설치한다.

이병장　난 미군 세탁장 근무가 좋아. 세탁기가 자동으로 빨아주
고, 건조기가 자동으로 말려주거든!

최상병　자동 다리미가 있다면 더 좋겠습니다.

이병장　글쎄…… 왜 자동 다리미는 없을까?

김만우　다림판 설치했습니다.

이병장　옷걸이대는?

김만우　옷걸이대도 곧 설치하겠습니다!

이병장　미리 미리 설치해!

김만우, 뛰어 나간다.

이병장　최 상병, 담배 있나?

최상병　네.

이병장　말보로?

최상병　(담뱃갑을 꺼내며) 네, 병장님.

이 병장과 최 상병, 담배를 나눠피운다.

이병장 역시 담배는 말보로가 최고야!

최상병 바로 이 맛입니다!

이병장 이놈의 전쟁, 언제 끝나려나?

최상병 네……?

이병장 압록강까지 올라가서 만세 불렀는데, 중공군 100만 명이 몰려왔잖아.

최상병 중공군은 인해전술입니다.

이병장 100만 명 죽으면 또 100만 명 몰려오겠지! 이러다간 십년, 아니 백년이 지나도 전쟁은 안 끝나!

김만우, 옷걸이대와 옷걸이들을 가져온다. 이 병장, 최 상병, 담뱃불을 끄고 다림판으로 간다.

김만우 옷걸이대 설치했습니다.

이병장 김 일병, 수고 했어. 자, 건조기에서 말려진 군복 가져 와!

김만우 넷!

김만우, 급히 퇴장한다.

최상병 제가 함께 가겠습니다.

이병장 갈 것 없어. 이게 다 신병 훈련이야.

김만우, 미군 군복들을 담은 커다란 바구니를 들고 온다. 이 병장이 부르는 노래에 맞춰 이 병장, 최 상병, 김만우, 다림판에 군복을 올려놓고 다림질을 한다. 최 상병, 다린 군복을 옷걸이대에 건다.

김만우   최 상병님, 그건 아직 걸지 마십시오.

최상병   왜……?

김만우   단추가 떨어져서 달아야 합니다.

최상병   아냐, 그냥 걸어도 돼.

이 병장, 군복을 갖고 옷걸이대로 간다.

김만우   이 병장님!

이병장   뭐야, 또?

김만우   그건 솔기가 터져서 꿰매야 합니다.

이병장   괜찮다니까!

이 병장, 군복을 옷걸이 대에 건다. 김만우, 이 병장과 최 상병이 걸었던 옷들을 내린다.

김만우   죄송합니다. 제가 수선한 다음 걸겠습니다.

김만우, 수선 할 옷들을 자신의 다림판 위에 놓는다. 그는 호주머니

에서 쌈지를 꺼낸다. 바늘에 실을 꿰어 단추를 달고, 뜯어진 솔기를
꿰맨다.

이병장 내가 몇 번이나 말했냐? 미군들은 물자가 풍부해서 어지
간한 건 버리고 새것을 써.

김만우 그래도 고칠 건 고쳐야 합니다.

이병장 별 이상한 놈이 들어왔네!

최상병 그래도 기특하지 않습니까?

미군 사단장, 카투사 통역병과 함께 등장한다.

통역병 일동 차렷!

이 병장, 최 상병, 김만우, 일렬로 서서 차렷 자세를 취한다.

통역병 장군님께 경례!

병사들, 거수경례한다. 미군 연대장, 거수경례로 답례한다.

통역병 바로!

미군연대장 (들고 온 카메라를 보여주며) 이 카메라를 누가 수리했는가?

통역병 이 카메라를 누가 수리했느냐고 물으신다!

이병장 (겁먹은 목소리로) 저는 안 했습니다!

최상병   저도 아닙니다!

김만우   제가…… 했습니다.

통역병   (김만우를 가리키며) 바로 이 병사가 했다고 합니다.

미군연대장   오, 쌩큐 베리 마치!

통역병   매우 고맙다고 하신다.

미군연대장   나는 고장 난 카메라를 연병장 쓰레기통에 버렸다. 그런데 누군가가 수리해서 쓰레기통 옆 나뭇가시에 걸어 났다. 나는 성탄절 날 산타클로스에게 카메라를 선물 받은 것처럼 매우 매우 기뻤다.

통역병   고장 난 카메라를 수리해줘서 매우매우 기쁘다고 하신다.

최상병   김 일병은 여기 있는 군복들도 단추 달고, 꿰매고, 고쳤습니다!

통역병   셧 업!

미군연대장   사진 촬영과 현상도 잘 하는가?

김만우   넷!

통역병   그렇다고 합니다.

미군연대장   원더풀! 아주 놀라운 재능이다! 나는 귀관에게 특별 코너를 마련해 주겠다. 우리 캠프 장병들이 그 코너에서 고장 난 카메라를 수리하고 사진 촬영을 할 것이다.

통역병   특별한 사진 코너를 마련해 주겠다고 하신다.

김만우   감사합니다!

통역병   일동 차렷! 경례!

미군 연대장, 통역병, 퇴장한다. 이 병장, 최 상병, 김만우는 다림판과 옷걸이대와 군복들을 무대 밖으로 옮긴다. 김만우, 공중전화 부스처럼 생긴 것을 무대 안으로 옮겨 놓는다. 〈Six Fingers' Corner〉라고 영문의 반원형 간판이 부스 지붕 위에 붙어있고, 부스의 전면 창구 앞에는 사진기들이 놓인 진열대가 돌출되어 있으며, 부스 바닥에는 작은 바퀴들이 달려있다.

1951년 7월 19일
김만우, 〈Six Fingers' Corner〉 안에 앉아 있다. 이 병장, 등장한다. 그는 부스 창구 앞으로 다가가서 김만우를 부른다.

이병장　　야, 김 일병. 뭐하냐?

김만우　　(부스 안에서 고개를 내밀며) 아, 이 병장님!

김만우, 손에 작고 두툼한 책을 든 채 부스 밖으로 나와 이 병장에게 거수경례를 한다.

이병장　　그건 무슨 책이야?

김만우　　영어 사전입니다.

이병장　　영어 사전……?

김만우　　네, 하루에 영어 단어 오십 개씩 외우고 있습니다.

이병장　　(진열대의 사진기들을 가리키며) 이렇게 수리할 물건들이 많은데, 한가하게 영어 단어나 외워?

김만우	아닙니다. 이건 이미 다 수리했습니다.
이병장	그러니까, 수리 했는데도 안 찾아간 것들이야?
김만우	네, 열 명 중에 한 두 명이나 찾아갈까…… 거의 안 찾아 갑니다.
이병장	그걸 알면서 고쳐?
김만우	네.
이병장	왜 고쳐……?
김만우	저는 고장 난 건 고쳐야 마음이 편합니다.
이병장	나도 좀 고쳐줘.
김만우	병장님을요……?
이병장	난 향도병으로 선발됐다.
김만우	향도병이요?
이병장	미군들은 우리 지리를 모르잖아. 전투 나갈 때 내가 맨 앞에서 길 안내를 해야한다구.
김만우	그렇군요…….
이병장	지뢰라도 밟으면 어떡하지? 총 맞으면 어떡하냐?
김만우	이 병장님은 무사하실 것입니다.
이병장	김 일병, 부탁이야. 만약에, 내가 지뢰 밟아 팔 다리가 없 어지거든, 다시 새 것으로 달아 줘! 그리고 또 만약에, 내 가 총 맞아 죽거든 다시 나를 살려달라구!
김만우	네…… 언제 떠나십니까?
이병장	오늘 오후 두 시.
김만우	(거수경례를 한다) 안녕히 다녀오십시오!

이병장 너만 믿고 간다, 식스 핑거스!

이 병장, 퇴장한다. 김만우, 이 병장의 뒷 모습을 걱정스럽게 바라본다.

1952년 10월 28일

미군 군종 장교 토마스 신부, 폴라로이드 사진기를 들고 등장한다.

김만우, 부스 앞에 있다.

토마스 굿모닝, 식스 핑거스!

김만우 토마스 신부님, 안녕하십니까?

토마스 미국에서 최근 발명한 사진기라네! 사용이 매우 간단해. 버튼만 누르면 촬영, 현상, 인화가 한꺼번에 되네. (버튼을 누른다) 어떤가? 즉석에서 천연색 사진이 나왔네!

김만우 정말 신기하군요!

토마스 옛날 사람들은 오랫동안 기억하고 싶은 것을 사진에 담아 간직했네. 하지만 지금은 그런 사람 없어. 잠깐 보고는 휴지처럼 버려. (사진을 버린다) 이 사진기는 요즘 사람들의 취향에 딱 맞네! (다시 버튼을 눌러 사진이 나오자 슬쩍 보고는 버리며) 이렇게, 쉽게 찍고, 쉽게 버려!

김만우 선물 받은 사진도 버립니까?

토마스 선물 받은 사진······?

김만우 네. 고종 황제의 채색 사진입니다.

토마스 글쎄…… 굉장히 위대한 황제인가?

김만우 그 사진 받은 사람이 황제다운 존재감이 없다고 했는데…… 잘 간직하고 있겠지요?

토마스 그럼 간직 않겠군.

김만우, 갑자기 숨을 쉬지 못하고 주저앉는다.

토마스 식스 핑거스, 왜 이러는가!

김만우 헉헉…… 사진을 버렸다면…… 숨이 막혀요…….

토마스 사진 공황증?

토마스 신부, 김만우를 부축하여 일으켜 세운다.

토마스 좀 괜찮은가?

김만우 아뇨…….

토마스 내일 밤, 캠프 성당에 오게. 극심한 불안으로 고통 받는 장병들을 위한 미사가 있네.

김만우 토마스 신부님…….

토마스 내가 버린 사진은 주워 가겠네.

토마스 신부, 사진들을 주워들고 퇴장한다.

1952년 10월 29일

미군 캠프 험프리. 성당. 팔 없는 병사, 다리 잃는 병사, 붕대로 머리를 감은 병사, 많은 부상병들이 등장한다. 김만우, 그들과 함께 있다. 토마스 신부, 등장. 그는 빵과 포도주가 놓인 식탁을 옮겨온다.

토마스 사랑하는 형제 여러분, 하느님께서는 우리 미국을 축복하사 세계 최강의 나라가 되게 하셨습니다. 하지만 세계 최강의 나라에도 어두운 그늘이 있습니다. 약한 자는 차별 받고, 장애자는 멸시 당합니다. 지금 형제들의 극심한 불안은, 바로 그렇게 되는 것이 두렵기 때문입니다.
사랑하는 형제 여러분, 하느님의 아들 예수 그리스도가 태어나실 때, 로마 제국은 세계 최강의 나라였습니다. 예수님은 차별 받는 자, 멸시 당한 자, 소외된 자들을 위해 헌신적으로 활동하다가 권력 가진 자들의 분노를 사서 십자가에 못 박힙니다. 예수님은 죽음이 두렵지 않았습니다. 그러나 잊혀지는 것은 두려웠습니다. 그래서 처절하게 외칩니다. "아버지, 어찌하여 나를 버리십니까?"
예수님은 잡혀가던 날 밤 최후의 만찬에서 빵을 떼어 주며 말씀하셨습니다. "이것은 나의 몸이다. 너희가 먹고 나를 기억하여라" 그리고 포도주를 잔에 따르며 말씀하셨습니다. "이것은 나의 피다. 너희가 마시고 나를 기억하여라"
형제 여러분, 오늘 밤 우리는 예수님의 살을 먹고 피를

마십시다. 그리하여 우리가 버림받은 예수님을 기억하면, 예수님도 버림받은 우리를 잊지 않을 것입니다.

토마스 신부, 성체를 들고 부상병들에게 다가가서 나눠 준다.

김만우　　신부님, 저에게도 주십시오.

토마스　　식스 핑거스…….

김만우　　네, 신부님.

김만우, 성체를 받아먹는다. 악사들이 〈주여, 우리를 불쌍히 여기소서: 키리에 엘레이손〉을 연주한다. 부상병들과 김만우, 서서히 퇴장. 무대 조명, 암전한다.

1952년 12월 2일
한 줄기 조명, 무릎 꿇고 앉아 기도하는 토마스 신부를 비춘다. 김만우, 등장한다. 그는 토마스 신부가 기도를 마칠 때까지 기다린다.

김만우　　토마스 신부님.

토마스　　어, 웬일인가?

김만우　　신부님께 고백하러 왔습니다.

토마스　　음…… 저쪽 고해성소로 가세.

조명, 무대 구석진 곳 바닥에 좁은 사각형을 비춰 고해성소를 나타낸다.

김만우 토마스 신부님, 저는 하느님도 모르고 예수도 알지 못합니다.

토마스 인간은 가끔 의혹에 빠질 때가 있지. 그런 때는 열심히 기도하게.

김만우 저는 신자가 아닙니다.

토마스 왓……?

김만우 세례 받지도 않았습니다.

토마스 식스 핑거스!

김만우 네, 신부님…….

토마스 세례 신자가 아니면서 그리스도의 살과 피를 먹고 마신 건 신성 모독일세!

김만우 죄송합니다, 신부님. 저는 그렇게 해야만 버려진 사진을 찾을 수 있다고 생각했습니다.

토마스 아주 엉뚱한 생각이야!!

김만우 죄송합니다…….

토마스 도대체 그 황제 사진을 선물 받은 자가 누구인가?

김만우 앨리스입니다.

토마스 앨리스……?

김만우 네. 미국 대통령이었던 시어도르 루즈벨트의 딸이지요. 앨리스는 대한제국 고종 황제의 사진을 받고 아주 부정적으로 말했습니다. "황제다운 존재감이 없다, 아둔하다,

애처롭다……"

토마스　곧 버릴 듯이 말했군.

김만우　앨리스의 말처럼 미국 대통령은 고종 황제도 버렸고, 대한제국도 버렸어요. 그 사진을 촬영한 저의 할아버지는 극심한 죄책감에 시달렸고, 저의 아버지는 그 사진을 찾지 못해 자살하셨습니다.

토마스　음…… 안 됐네…….

김만우　근본 원인을 알고 보면, 이번 전쟁도 그 사진 때문에 발생한 것이지요.

토마스　한국 전쟁이 사진 때문에……?

김만우　네, 신부님. 만약 앨리스가 긍정적인 말, "황제다운 존재감이 있다. 지극히 총명하며 존엄하다"고 말했다면, 처음부터 역사가 달라집니다. 일본은 한국을 병합하지 못했을 테고, 2차 세계대전 후 미국과 소련이 일본군의 무장해제를 핑계 삼아 우리 땅에 들어와 반씩 나누는 일도 없었겠지요. 그리고 우리 민족이 서로 적이 되어 싸우는 전쟁도 발생하지 않았습니다.

토마스　음…… 한국 사람이라면 그렇게 생각할 수 있겠지.

김만우　토마스 신부님, 저는 그 사진을 꼭 되찾아야 합니다.

토마스　되찾겠다…… 왜?

김만우　굴욕적인 역사를 만든 것이니까 그냥 둘 수 없죠. 되찾아 영원히 없앨 겁니다!!

토마스　지금 그 사진이 어디 있는지는 알고 있나?

김만우　미국입니다. 앨리스는 사진을 갖고 미국으로 갔거든요.

토마스　미국은 넓고도 넓네! 이쪽 땅 끝은 태평양, 저쪽 땅 끝은 대서양이야.

김만우　네, 신부님.

토마스　있는 곳을 정확히 알지 못하면, 찾는 건 불가능해.

김만우　신부님은 정확하게 아실 방법이 있습니다.

토마스　내가……?

김만우　네. 신부님이 하느님께 기도해서 여쭤보십시오. 하느님은 정확하게 그 사진 있는 곳을 대답해 주실 것입니다.

토마스　오, 마이 갓!

김만우　신부님이 그곳을 알아내 주시면, 사진 찾아오는 건 제가 하겠습니다.

토마스 신부, 고해성소 밖으로 나온다.

토마스　식스 핑거스, 억지소리 그만하고 이리 나와!

김만우　약속해 주셔야 나갑니다.

토마스　(곤혹스런 표정으로 하늘을 우러러 보며) 아, 하느님……!

김만우　벌써 기도하십니까?

토마스　저 불쌍한 인간을 어찌해야 할까요?

김만우　토마스 신부님, 하느님의 대답은요?

토마스　이 빌어먹을 전쟁이 끝나면, 내가 미국으로 돌아가서 직접 알아보겠네!

김만우　정말입니까?

토마스　난 거짓말 안 해!

김만우　감사합니다, 토마스 신부님!

김만우, 고해성소 밖으로 나온다.

1953년 7월 24일

미군 연대장, 통역병, 등장. 김만우, 차렷 자세로 거수경례를 한다.

통역병　어텐션!

미군연대장　식스 핑거스, 귀관에게 훈장을 수여한다.

통역병　장군님께서 훈장을 주겠다고 말씀하셨다.

김만우　그 말씀은 통역 안하셔도 알겠습니다만…… 왜 저에게
　　　　훈장을……?

통역병　뭐, 통역이 필요 없어?

김만우　네. 여기 있는 동안 영어 공부 열심히 했습니다.

미군연대장　식스 핑거스, 귀관은 온갖 고장 난 카메라들을 수리해
　　　　서 미국 군인의 물자 절약에 큰 기여를 하였다. 그 공로
　　　　가 탁월하기에 명예로운 동성무공훈장을 수여한다.

통역병　다 알아 들었나?

김만우　넷, 알았습니다!

미군 연대장, 김만우의 가슴에 동성무공훈장을 달아준다.

미군연대장 매우 매우 수고했다.

김만우 감사합니다.

미군연대장 보너스로 아주 기쁜 소식을 말해 주겠다. 사흘 후 7월 27일, 판문점에서 정전협정이 체결된다.

김만우 정전협정이요……?

미군연대장 이제 휴전이다. 우리 미군은 일부 방어 병력만 남기고 미국 본토로 돌아간다.

김만우 토마스 신부님도 가십니까?

통역병 그렇다. 토마스 신부도 귀국한다.

김만우 아주 잘 됐습니다. 저도 미국에 따라가면 안 될까요?

통역병 네가 미군이냐? 카투사는 안 돼!

김만우 그럼 식스 핑거스 코너는요?

통역병 당연히 없어진다!

김만우 장군님, 저는 곧 제대합니다. 식스 핑거스 코너를 캠프 앞으로 옮기겠습니다.

통역병 노! 안 돼!

미군연대장 오 케이! 그건 식스 핑거스의 자유다!

김만우 생큐, 써!

미군연대장 굿 럭!

미군 연대장, 통역병, 퇴장한다.

1953년 7월 27일

김만우, 〈Six Fingers' Corner〉 부스를 무대 다른 곳으로 옮긴다. 그리고 그는 [번역 – TRANSLATE] 팻말을 부스 창구 옆에 붙인다.

1955년 4월 6일

둥, 둥, 북소리가 들린다. 최 상병, 등장. 그는 전역한 후 화장품 행상을 하고 있다. 그가 걸을 때마다 발과 연결된 북채가 등에 짊어진 커다란 북을 두드린다.

최상병   동동 그리무 왔어요, 동동 그리무! 팥쥐가 바르면 콩쥐 되고, 천하박색 뺑덕어멈도 어여쁜 성춘향이 됩니다! 자, 왔어요! 동동 그리무, 동동 그리무가 왔어요!

최상병, 〈Six Fingers' Corner〉를 발견한다.

최상병   어, 그대로 있네!

최 상병, 부스로 다가간다. 평상복을 입은 김만우, 부스 안에서 번역할 편지를 보면서 타자기의 자판을 치고 있다.

최상병   여봐, 김만우!
김만우   (타자기를 멈추고 창구 밖을 바라본다) 누구십니까?
최상병   나야, 나!
김만우   최 상병님……?

최상병	상병은 옛날이지. 이젠 그냥 형님이라고 불러!
김만우	(부스 밖으로 나오며) 형님, 그동안 어떻게 지내셨습니까?
최상병	그럭저럭 잘 지냈지!
김만우	이 병장님은요? 향도병이 되어 가신 다음엔 소식을 못 들었습니다.
최상병	전사했어.
김만우	전사요……?
최상병	지뢰를 밟았거든, 운 나쁘게.
김만우	(슬픈 표정이 된다) 가슴…… 아프군요…….
최상병	나도 가슴 아퍼.

최 상병, 손에 든 가방에서 크림 한 통을 꺼내 김만우에게 내민다.

최상병	이거 한 통 사서 마누라 줘. 아주 좋아서 미칠 거야!
김만우	저는 마누라 없습니다.
최상병	없다니?
김만우	결혼 안 했어요.
최상병	왜?
김만우	결혼하면 아내를 불행하게 만들 것 같아서요…….
최상병	별소릴 다 듣네!
김만우	(크림 통을 받아 들고) 이건 얼마입니까?
최상병	마누라도 없다면서 뭘 하려고?
김만우	제가 사고 싶어 그럽니다.

최상병 이왕이면 한 통 더 사. 날마다 내가 오는 게 아니야!

김만우 네.

최 상병, 가방에서 크림 한 통을 더 꺼내 김만우에게 준다. 포주, 등장한다. 짙은 화장과 화려한 옷, 교태부리며 걸어온다.

포주 헬로우, 식스 핑거스!

김만우 안녕하세요!

포주 오, 원더풀 나이스 데이!

포주, 핸드백에서 편지 한 다발을 꺼내 부스 창구 앞 진열대에 올려놓는다.

포주 이건 미국에서 온 편지야. 빨리 한글로 번역해 줘! 그리고 이건 우리 애들이 미국으로 보낼 편지야. 사랑이 철철 넘치도록 번역해줘! 그래야 미국 간 애인들이 변심 않고 생계비, 자녀 양육비를 보내준다구!

김만우 편지에 사진을 함께 보내면 좋겠습니다.

포주 지난 번 보냈잖아?

김만우 이미 받은 사진은 버렸을지 모릅니다.

포주 그럼 또 보내야지. 오늘 카메라 갖고 와서 우리 애들 찍어 줘.

최상병 실례지만, 뭘 하는 분이십니까?

포주	나? 퀸이야!
최상병	퀸이라뇨?
포주	내 밑에 양공주가 열여덟 명 있지. 제니, 메리, 코니, 패티, 로즈, 안나…… 그러니까 공주들의 우두머리는 여왕, 퀸 아니고 뭐겠어?
최상병	잘 만났습니다, 여왕님. 공주들을 위해 동동 그리무 사세요!
포주	우리 애들은 미제 화장품 써. 굿바이, 식스 핑거스! 모든 비용은 월말 계산이야!

포주, 손을 흔들며 퇴장한다.

최상병	돈은 월말에나 생기겠군. 동동 그리무 두 통 값도 그때 와서 받지.
김만우	가시려고요?
최상병	여기만 있다간 더 못 팔아!

최 상병, 등 뒤의 북을 두드리며 무대를 한 바퀴 돈다.

최상병	자, 동동 그리무 왔어요! 팥쥐가 바르면 콩쥐 되고, 천하박색 뺑덕어멈도 어여쁜 성춘향이 됩니다! 자, 왔어요! 왔어! 동동 그리무가 왔습니다!

최 상병, 퇴장한다. 김만우, 포주가 놓고 간 편지들을 들고 부스 안으로 들어간다. 그는 타자기 앞에 앉아 번역한 내용을 타자한다.

1957년 10월 14일
밤. 하늘에는 초승달과 별들이 떠 있다. 부스 안은 전등이 켜져 밝다. 김만우, 타자기를 멈추고 부스 밖으로 나와 하늘을 바라본다.

김만우　　토마스 신부님, 오늘 밤은 하늘이 맑아서 많은 별들이 떴습니다. 저기, 초승달도 또렷하고, 북두칠성도 반짝반짝 빛납니다. 이곳은 밤이지만, 지구 반대쪽 그곳은 해가 뜬 낮이겠군요.

악사들과 가수, 〈솔베이지의 노래 : 그리그 작곡〉를 연주하고 노래 부른다.

가수　　그 겨울이 지나고 봄은 가고 또 봄은 가고
그 여름날이 가면 더 세월이 간다 세월이 간다
아 그러나 그대는 내 님일세 그대는 내 님일세
온 마음 다하여 기다리네 그대를 기다리네
아아 — 아아아 — 아아 — 아아아 —

김만우　　신부님은 미국에 가시면, 앨리스가 가져간 사진이 어디 있는지 직접 알아내 주시겠다고 하셨지요. 저는 그 약속

을 믿고 기다립니다.

가수   그대 있는 곳 어디인지 밝은 태양 빛나면
신께서 축복하사 그대를 지켜 주시리
그러나 나는 기다리네 그대가 돌아오기를
진정으로 기다리네 우리 다시 만날 날을
아아— 아아아— 아아— 아아아—

김만우   매일 많은 편지들이 미국에서 옵니다. 그러나 아직 신부
님의 편지는 없습니다. 토마스 신부님, 사진 있는 곳 아
셨거든 편지하세요!

가수   봄이 지나 여름 오고 가을 가고 겨울 오면
또 한 해가 지나간다 세월이 흘러간다
그러나 나는 기다리네 그대가 돌아오기를
언제나 기다리네 그대가 나에게 돌아오기를
아아— 아아아— 아아— 아아아—

김만우, 부스 안으로 들어간다.

1961년 5월 16일
부스 앞을 검정 색안경 쓰고 군용 점퍼 입은 육군 소장과 육군 중
령이 지나간다.

육군소장 여봐, 김 중령!

육군중령 네. 박 소장님!

육군소장 이 길로 가면 청와대가 확실한가?

육군중령 그렇습니다!

1970년 4월 7일

최 상병, 등 뒤에 북 대신 월부 판매용 진집 책들을 진뜩 짊어지고 등장한다. 그는 부스 앞에 책들을 내려놓고 털썩 주저앉는다. 김만우, 부스 안에서 나온다.

김만우 형님, 오셨습니까!

최상병 잘 지냈어?

김만우 네.

최상병 나 업종 바꿨어. 동동 그리무는 폐업하고 월부 책장사야.

김만우 이게 더 무겁겠어요.

최상병 응, 더 무겁지. 백과사전, 문학전집, 어린이 그림책, 다 있어. 동생에겐 열두 권짜리 어린이 그림책을 육 개월 월부로 줄게.

김만우 그림책요……?

최상병 아이들이 미치도록 좋아할 거야.

김만우 저는 아이가 없습니다.

최상병 없다니?

김만우 결혼 안 했으니 없지요.

최상병 (일어나며) 여봐, 동생. 내가 마당발이야. 동네방네 다니면서 온갖 여자들을 다 알아. 처녀, 과부, 이혼녀, 새파랗게 젊은 여자, 농염하게 무르익은 여자, 원하는 대로 소개할 수 있어!

포주, 등장한다.

포주 헬로우, 식스 핑거스! (핸드백에서 편지 몇 통을 꺼내 부스 창구 앞 진열대에 놓는다) 이젠 미국에서 오는 편지가 겨우 이거야. 오랜 세월 탓인지 우리 공주님을 잊었고, 사랑도 잊었고, 생계비와 양육비도 잊었어!

최상병 안녕하십니까, 여왕님!

포주 누구시더라……?

최상병 여왕님과 공주님들을 위해 50권짜리 세계문학전집을 10개월 할부로 드립니다.

포주 아, 미스터 동동 그리무!

최상병 그건 옛날 일입니다.

포주 나 많이 늙었지?

최상병 아뇨, 여전히 젊고 예쁘십니다.

포주 거짓말! 아무도 세월에는 못 당해. (김만우에게) 미국 보낼 편지 번역 다 됐거든 줘.

김만우 네.

포주 식스 핑거스, 이제는 우리 애들 사진 안 찍어도 돼.

김만우   왜요?

포주   꼭 필요하면 내가 찍어.

포주, 핸드백에서 일회용 카메라를 꺼낸다.

김만우   그게 뭡니까?

포주   오, 서프라이즈! 일회용 카메라야!

김만우   일회용요……?

포주   한번 쓰고는 부담 없이 버려!

김만우   이젠 사진만이 아니라 사진기도 버리는군요.

포주   원더풀! 값이 아주 싸고 찍기도 간단해!

김만우, 부스 안으로 들어가 편지들을 갖고 나온다. 포주, 편지들을
받고 한숨 쉰다.

포주   오는 편지가 적을수록 가는 편지는 많아져. 새드 러브,
슬픈 사랑의 증거지! (편지들을 핸드백에 넣는다) 월말 계산이
야, 번역비는!

최상병   여왕님, 세계문학전집도 월말 계산 됩니다!

포주, 핸드백에서 잡지 한 권을 꺼내든다.

포주   나, 이런 것만 읽어!

최상병　그게 뭔데요?

포주　〈플레이 보이〉! (잡지를 흔들며) 굿바이, 에브리바디!

포주, 퇴장한다.

최상병　이 무거운 걸 짊어지고 또 어디를 가야하나……? 앞길이 캄캄하네!

김만우　세계문학전집은 제가 사겠습니다.

최상병　고마워! 정말 고마워! 어린이 그림책은 덤으로 줄게!

최상병, 나머지 책들을 짊어지고 퇴장한다.

1979년 10월 27일
우편배달부, 등장. 그는 〈Six Fingers' Corner〉 간판을 바라본다. 김만우, 부스 안에서 타자기를 두드리고 있다. 우편배달부, 부스 창구 앞으로 가까이 다가와 묻는다.

배달부　실례합니다. 혹시 식스 핑거스 씨?

김만우　네, 그렇습니다만……?

배달부　미국에서 보낸 이 편지의 주소가…… 미 육군 캠프 험프리 정문 앞 〈식스 핑거스 코너〉라고만 써 있고, 받는 사람 이름도 이상해서…….

김만우　아, 드디어 왔군요!

김만우, 부스 밖으로 나온다. 우편배달부, 미심쩍은 표정으로 편지를 주지 않는다.

김만우　그 편지 어서 주십시오!

배달부　잠깐, 확인 좀 하고요. 보낸 사람 이름이……?

김만우　토마스 신부님이요!

배달부　(편지 봉투에 석힌 이름을 확인한나) T,h,o,m,a,s…… 잎으로는 그 양반한테 주소 좀 정확히 쓰라고 하세요!

우편배달부, 김만우에게 편지를 주고 퇴장한다. 김만우, 봉투를 열고 편지를 꺼내 목독한다. 얼굴 표정이 기쁨으로 가득하다. 최상병, 등장한다. 그는 말쑥하게 양복을 차려입고 서류 가방을 들고 있다.

최상병　동생, 나 또 업종 바꿨어!

김만우　(편지에서 눈을 떼지 않고) 네, 형님.

최상병　이번엔 보험이야!

김만우　네, 형님.

최상병　내 말은 듣지도 않는군.

김만우　네, 형님.

최상병　도대체 그게 무슨 편지야?

김만우　네, 형님.

최상병　기다리고 또 기다리던 토마스 신부 편지?

김만우	네, 26년 만에 왔어요!
최상병	26년이라…… 참 빨리도 왔네.
김만우	넓고 넓은 미국에서 고종황제 채색 사진 찾기가 한강 모래밭에서 바늘 찾기보다 더 어렵거든요!
최상병	그래서……?
김만우	워싱턴의 스미스소니언 박물관에 있답니다!
최상병	박물관……?
김만우	네!
최상병	사진이 왜 박물관에 있어?
김만우	앨리스가 죽을 때 갖고 있던 것을 기증했다는군요!
최상병	동생은 어떻게 할 거야?
김만우	미국 워싱턴으로 가서 사진을 없앨 겁니다!
최상병	보험 들고 가. 화재보험, 교육보험, 생명보험…….
김만우	다녀와서 들겠습니다. 여행 경비가 많이 들 것 같아서요.
최상병	여권 있나?
김만우	아뇨. 지금 신청해야 합니다.
최상병	여권은 나오겠지. 하지만, 미국 비자는 안 나올 걸.
김만우	왜요……?
최상병	하늘에서 별 따기야, 보통 한국 사람이 미국 비자 받기는.
김만우	나에겐 미국 동성무공훈장이 있습니다!
최상병	됐어! 그 훈장이면 비자 받아!

무대 조명, 암전한다.

1980년 1월 14일
김만우, 여행용 가방을 끌고 부스에서 나온다. 그는 돌출된 진열대를 위로 올려 창구를 닫는다. 그리고 〈임시 휴업〉이라고 쓴 종이를 붙인다. 김만우, 활기차게 퇴장한다.

1980년 2월 6일
포주, 등장. 창구 닫힌 부스를 보고 실망한 표정으로 돌아간다.

포주　　오, 크레이지! 아직도 휴업이야!

1980년 4월 20일
최 상병, 등장. 창구 닫힌 부스를 바라본다.

최상병　　떠난 지 석 달인데, 왜 안 돌아올까……?

최상병, 머뭇거리다가 나간다.

1980년 4월15일
깊은 밤. 김규진, 김석연, 등장. 부스 앞에 선다.

김규진　　만우가 왜 이렇게 늦는지 모르겠다…….

김석연 너무 걱정 마십시오, 아버님. 미국에 무작정 간 것도 아니고, 고종 황제 사진 있는 곳을 정확히 알고 갔습니다.

김규진 저기…… 누가 있다.

김석연 만우의 아들, 기태 같습니다. 기태야! 기태야!

김기태 (소리) 네.

김석연 이리 와!

김기태 (소리) 저는 태어나기 전입니다.

김규진 상관없다. 어서 나오너라!

김기태 (어둠 속에서 나온다)

김석연 너도 걱정하고 있구나?

김기태 네…….

김규진 기다리자. 우리 함께.

김기태, 김규진과 김석연 옆에 나란히 선다. 긴 침묵. 새벽닭이 운다. 그들은 슬며시 부스 뒤로 자취를 감춘다.

1980년 6월 9일

무대 후면의 자동문이 열린다. 김만우, 지친 모습으로 여행용 가방을 힘겹게 끌고 들어온다. 부스 뒤에서 김규진, 김석연, 김기태, 고개를 내밀고 김만우를 주시한다. 김만우는 계단 밑에 주저앉는다. 최 상병, 서류 가방을 들고 등장. 그는 김만우를 보더니 반색하며 달려온다.

최상병   동생! 동생!

김만우   (침묵)

최상병   도대체 왜 이제 온 거야?

김만우   (침묵)

최상병   내가 얼마나 걱정했는지 알아? 열 번 스무 번 올 때마다 내 마음이 새카맣게 탔지!

김만우   미안해요, 형님……

최상병   사진은 찾았어?

김만우   아니요……

최상병   워싱턴의 스미스소니언 박물관에 없는 거야?

김만우   있는 건 확실해요. 하지만 절대로 보여주지 않습니다.

김만우, 머리를 숙이고 흐느껴 운다.

최상병   남자가 울기는…… 토마스 신부가 아무 것도 안 도와줘?

김만우   많이 도와줬어요. 늙으신 몸으로 공항에 마중 나오시고…… 스미스소니언 박물관 규모가 엄청나게 커요. 국회 의사당 근처에 큰 건물이 19개나 있는데…… 모두 스미스소니언 박물관입니다.

최상병   규모가 어마어마하네!

김만우   그 중 한 건물인 미술관의 수장고 목록에서, 고종황제 채색 사진이 보관되어 있는 걸 확인했죠.

최상병   그렇게 고생했으면 무슨 수를 써서라도 없애고 와야지!

김만우　온갖 노력을 했지만 소용없어요. 정당한 사유가 아니면 수장고의 문을 열지 않는다면서…… 내가 그 사진을 촬영한 분의 손자라고 말해도 믿지 않고…… 토마스 신부님이 하느님을 걸고 맹세해도 믿지 않더니…… 미술관 직원이 경찰을 불러 우리를 쫓아냈어요…….

최상병　그만 울어, 동생.

김만우　다시 접근하면 체포하겠다…… 경찰이 경고했어요. 그래서 다음엔 나 혼자 갔습니다. 토마스 신부님께는 아무 말 않고요. 나는 체포당해…… 지금까지 갇혀 있다 왔습니다.

최상병　사진은 아예 보지도 못 했군.

　　　부스 뒤에서 고개를 내밀고 엿듣는 김규진, 김석연, 김기태, 실망한 표정이다.

김만우　형님, 대리모를 구해주세요.

최상병　대리모……?

김만우　저는 아들을 갖고 싶어요. 완전히 절망할 때는 아들이 유일한 희망입니다.

최상병　그건 그래.

김만우　형님은 마당발이잖아요.

최상병　하긴 뭐…… 결혼 안 한 자네가 아들 갖는 방법은 대리모뿐이지. 좋아, 내가 구해줄게. 그 대신 동생은 보험 들

94

어. 화재보험, 교육보험, 생명보험…… 뭘로 들 거야?

김만우 생명보험요. 내가 죽으면 아들이 보험금을 받도록 해야
지요.

최상병 (서류 가방에서 보험 계약서를 꺼낸다) 이거 생명보험 계약서야.
사인해!

김만우 네, 형님.

최상병 이선 교육보험인데, 아들 잘 교육시키려면 하나 더 들어!

김만우 네, 형님.

최상병 불 날지 몰라! 화재 보험도 들어!

김만우 네, 형님.

김만우, 보험계약서에 서명한다. 김규진, 김석연, 김기태, 사라진다.
무대 조명, 암전한다.

4막

《김기태 (1984–현재)》

1984년 4월 22일
무대 후면 자동문이 열린다. 김기태, 등장한다.

김기태   여러분, 드디어 제가 태어났습니다! 결혼하지 않은 아버지의 정자로 누구인지 알지 못할 대리모의 자궁을 빌려 저 김기태가 태어났어요! 그리고 4년 후 굉장한 일이 있었죠!

1988년 9월 17일
악사들과 가수, 〈서울 올림픽 주제가 : 김문환 작사/모로더 작곡〉을 연주하고 노래한다. 반바지 차림의 어린이로 분장한 남자 배우가 굴렁쇠를 굴리며 무대를 지나간다.

가수   하늘 높이 솟는 불
우리의 가슴 고동치게 하네
이제 모두 다 일어나 영원히
함께 살아가야 할 길 나서자
손에 손 잡고 벽을 넘어서

우리 사는 세상 더욱 살기 좋도록
손에 손 잡고 벽을 넘어서
서로서로 사랑하는 한 마음 되자.

김기태　　그렇습니다. 1988년 9월 17일, 서울 올림픽이 있었던 날입니다. 나의 아버지는 암병동에서 서울 올림픽의 화려한 개회식을 텔레비전으로 보셨습니다.

1989년 6월 28일

김기태　　그리고 바로 다음해, 아버지가 돌아가셨어요. 제 나이는 겨우 다섯 살, 산다는 것이 무엇인지 몰랐기에, 죽는 것도 무엇인지 몰랐어요.

2002년 4월 22일

김기태　　그 후 12년이 지난 2002년 4월 22일. 제 열여덟 번째 생일이 됐습니다.

늙은 최 상병, 등장. 그는 김만우의 일기장을 들고 있다.

최상병　　기태야.
김기태　　네.

최상병 축하한다. 이제 넌 성인이 됐다.

김기태 성인이라뇨……?

최상병 법적으로 어른이 된 거지. 받아라.

최 상병, 일기장을 김기태에게 준다.

최상병 네 아버지 일기장이다. 네가 성인이 되는 날 주라고 했어.

김기태 (일기장을 펼쳐본다) 아버지가 일기를 쓰셨다니…….

최상병 일기라기보다 집안 대대로 이야기를 쓴 것 같다. 너희 증조할아버지 이야기도 쓰고, 할아버지 이야기도 쓰고, 자기 이야기도 쓰고…… 재미는 없어.

김기태 이미 아저씨가 읽으셨어요?

최상병 응, 궁금해서.

김기태 남의 일기를 함부로 보면 안 되죠.

최상병 그러니까…… 난 네 아버지와 형제지간 같았어. 형이 동생 일기를 좀 읽었다고 나쁘게 생각마라.

최 상병, 호주머니에서 예금통장을 꺼내 김기태에게 준다.

김기태 이건 또 뭡니까?

최상병 네 아버지 죽고 생명보험 받은 돈이다. 그동안 생활비로 쓰고 남은 건 얼마 안 된다. 교육보험과 화재보험도 있었지만, 그건 네 아버지가 암에 걸린 다음에는 납입금을 내지 못해 해약됐어. 세계문학전집 50권과 동동그리무 두 통도 있는데, 필요하면 너 가져라.

김기태, 일기장 속에 있는 사진을 집어 든다.

김기태 이 사진은 뭐죠?

최상병 고종황제 사진.

김기태 네……?

최상병 일기를 읽으면 다 알게 돼.

김기태 한 가지 여쭤볼 게 있어요.

최상병 뭔데……?

김기태 대리모가 저를 낳았을 때, 아버지는 제가 친자식임을 확실히 믿으셨나요?

최상병 아, 그거…… 확실히 믿었지.

김기태 (침묵)

최상병 내가 소개한 대리모야. 왜 의심하겠냐?

김기태 제 손가락이 여섯 개가 아니어서…….

최상병 너희 집안 육손은 유전이지. 하지만, 대대로 육손이 태어나는 건 아니야. 넌 그러니까…… 네 아버지의 아들임을 믿을 수 없다는 거냐?

김기태 전 믿어요. 서랍 닫을 때나 문 닫을 때, 손가락이 낄 때가 있죠. 그럼 굉장히 아파요.

최상병 그건 나도 아파.

김기태	눈에 보이는 다섯 손가락이 아니구요. 여기, 엄지 옆에 달린 보이지 않는 여섯 번째 손가락이 아픕니다.
최상병	그래?
김기태	네.

최상병, 라이터를 꺼내 불을 켠다. 김기태는 오른손 엄지 손가락 옆의 보이지 않는 여섯 번째 손가락을 라이터 불에 댄다.

김기태	앗, 뜨거!
최상병	(반신반의하는 표정으로) 정말 뜨겁냐?
김기태	네, 불에 덴 듯 뜨겁고 아파요!
최상병	아무래도…… 믿지 못하겠다.
김기태	아저씨, 고맙습니다.
최상병	뭘……?
김기태	그동안 저를 잘 키워주셨어요.
최상병	네가 스스로 잘 컸지.
김기태	이젠 성인이 됐으니 아저씨 집을 나갑니다.
최상병	그럼 잘 가라.
김기태	세계문학전집 50권은 제가 가져가 읽겠습니다.

김기태, 최상병, 퇴장한다.

2009년 7월 8일

덕수궁. 깃발을 든 관광 가이드가 관광객들을 이끌고 등장한다.

관광가이드 여러분, 이곳은 덕수궁이에요! 대한제국 고종황제 시절엔 경운궁이었는데, 나중에 이름이 바뀐 거죠. 바로 저 건물이 서양의 도리아식으로 지은 석조전인데요, 지금은 국립현대미술관 분관으로 사용하고 있어요.

관광객 1 질문 있습니다!

관광가이드 말씀하세요!

관광객 1 왜 석조전을 국립현대미술관 분관으로 사용합니까?

관광가이드 아주 좋은 질문이에요! 국립현대미술관이 서울 밖 저 멀리 과천대공원에 있어서, 자가용 승용차가 없으면 가기가 어려워요. 그래서 서울 시민들을 위해, 시내 한복판 덕수궁의 석조전을 현대미술관 분관으로 한 거죠.

관광객 2 질문 있어요!

관광가이드 네, 말씀하세요!

관광객 3 고종황제는 석조전에서 무엇을 하셨습니까?

관광가이드 주로 외국 사절을 접견했죠.

관광객 4 석조전 앞 분수대가 베르사이유 궁전 분수대와 모양이 같다는데 사실인가요?

관광가이드 글쎄요…… 모양이 같은지는 모르겠지만…… 멋지게 뿜어져 나오는 물줄기는 둘 다 똑같아요!

관광객들 그렇군요!

관광가이드 이 깃발을 따라 오세요! 다음은 중명전으로 갑니다!

관광 가이드, 깃발을 흔든다. 관광객들이 뒤따라간다.

2009년 7월 10일
석조전 현대미술관 분관의 전시 기획 팀장 전광보와 팀원 박지열, 이도준, 한민수, 강윤아, 등장한다. 그들은 석조전 분수대 옆 벤치에 나란히 앉는다. 김기태, 등장. 조금 떨어진 곳에 서서 그들을 지켜본다.

전광보 꼭 점심 식사 후엔 나른해. 계절 탓인가……?

이도준 난 머리가 지끈지끈합니다.

한민수 나도 그래. 며칠째 머리를 쥐어짜고 있거든.

박지열 스트레스가 심해요, 결론이 안 나서.

전광보 여기 잠시 앉아 머리를 식혀.

김기태 (관객들에게 말한다) 덕수궁 현대미술관 분관 직원들입니다. 뭔가 심각한 표정으로 분수대 옆 벤치에 앉아 있군요.

한민수 작년 마그리트는 좋았는데……

이도준 금년 바스키아도 대박났죠!

박지열 내년 잭슨 폴록 특별전시도 엄청나게 성공할 걸!

전광보 그러니까 내후년 특별전시는 어떻게 하겠다는 거야?

이도준 앤디 워홀은요?

한민수 난 제프 쿤스나 로이 리히텐슈타인을 강력 추천합니다.

전광보 모두 진부하게 같은 소리만 반복하는군! 외국의 유명한 미술가들 말고 한국적인 것 좀 없냐? (눈을 감고 있는 강윤아에게) 강윤아 씨!

강윤아 네……?

전광보 졸고 있어?

강윤아 아뇨. 생각 중이에요.

전광보 눈 감고 아무 말 없어서 조는 줄 알았지.

박지열 팀장님, 강윤아 씨를 믿으세요. 아주 특별한 것을 생각해 낼 겁니다.

이도준 우리 미술관에서 가장 유능한 큐레이터죠!

강윤아 (웃으며) 농담마세요!

전광보 부탁이야, 정말. 내후년 특별전시는 강윤아 씨가 책임지고 생각해 줘.

직원들 그럼 우리 먼저 들어갑니다. 강윤아 씨, 파이팅!

직원들, 벤치에서 일어나 석조전 쪽으로 걸어간다. 강윤아도 일어섰다가 멋쩍은 듯 다시 앉는다. 김기태, 일어나 벤치로 다가간다.

김기태 저, 실례합니다.

강윤아 네……?

김기태 미술관 직원이시죠?

강윤아 네.

김기태 잠깐 드릴 말씀이 있어서요.

강윤아 뭐죠?

김기태 저는 이곳 덕수궁에 자주 옵니다. 석조전의 많은 전시들을 봤죠.

강윤아　그런데요?

김기태　다 좋았지만…… 왜 이런 건 안 할까 아쉬움도 있어요.

강윤아　그게 뭐에요?

김기태　대한제국 황실의 사진전입니다. 이곳이 어딥니까?

강윤아　덕수궁이잖아요.

김기태　대한제국 황제와 가족이 살던 곳입니다. 그들의 사진을 모아 특별전시하기에 딱 좋은 장소죠.

강윤아　(침묵)

김기태　죄송합니다. 별 도움이 안 되는군요?

강윤아　아뇨, 갑자기 그런 말씀을 하셔서…….

김기태　대한제국 황실 사진전의 핵심은 무엇일까요?

강윤아　네……?

김기태　고종황제 사진입니다.

강윤아　그건 그렇죠.

김기태　고종황제 사진들 중에 유일하게 채색 사진이 있습니다.

강윤아　채색 사진이요?

김기태　곤룡포는 황색, 익선관은 자주색을 칠했습니다.

강윤아　난 처음 들어요, 고종황제의 채색 사진!

김기태　실제로 보면 깜짝 놀랄 겁니다.

강윤아　그 사진 어디 있어요?

김기태　아직은 말할 수 없습니다.

강윤아　네……?

김기태　먼저 미술관 직원들과 의논하세요. 대한제국 황실의 사진 전시회가 확실히 결정되면 그때 제가 고종황제 채색 사진의 소재를 알려드리겠습니다.

강윤아　그런데 뭐하는 분이시죠?

김기태, 명함을 꺼낸다. 강윤아, 일어나서 받는다.

강윤아　(명함을 보며) 김기태 스튜디오……?

김기태　제 사진작업실입니다.

강윤아　덕수궁에서 가까운 곳이군요.

김기태　네. 언제든지 연락 주십시오.

강윤아　(지갑에서 명함을 꺼내주며) 이건 내 명함이에요.

김기태　(명함을 받는다) 고맙습니다. 곧 다시 뵙기를 바랍니다.

김기태, 강윤아에게 정중히 인사하고 퇴장한다. 강윤아, 의아한 표정으로 김기태의 뒷 모습을 바라본다. 김규진, 김석연, 김만우, 등장한다.

김규진　기태가 영특해! 미국에 있는 고종황제 사진을 가져오게 하려고 미끼를 던졌어!

김석연　하지만 뭔가 예감이…….

김규진　예감이 어떤데?

김석연　저 여자는 기태의 미끼를 물 테고, 기태는 저 여자를 사랑할 것 같아요.

김규진 그게 무슨 걱정이냐?

김석연 우리 집안 남자는 사랑하는 여자를 불행하게 만듭니다.

김규진 네가 그랬지 나는 안 그랬다.

김만우 나 역시 그게 두려워 결혼하지 않았어요.

김규진 못난 놈들! 기태는 달라!

무대 조명, 암전한다.

2009년 7월 18일

덕수궁. 김기태, 등장. 그는 휴대폰을 꺼내 통화한다.

김기태 김기태입니다. 지금 석조전 분수대 옆 벤치에 왔습니다. (통화를 마치고 관객들에게 말한다) 오늘 아침, 강윤아 씨의 만나자는 전화를 받았어요. 어떻게 됐는지…… 궁금합니다.

강윤아, 등장한다.

강윤아 안녕하세요!

김기태 안녕하십니까!

강윤아 지난 번 말씀하신 대한제국 황실 사진전, 직원들과 의논했는데. 일단은 모두 찬성이에요.

김기태 잘 됐군요!

강윤아　하지만 관장님의 정식 승인을 받으려면, 구체적인 계획
　　　　서를 내야 해요. 고종황제의 채색 사진이 어디 있죠?

김기태　(벤치를 가리키며) 우리 여기 좀 앉을까요?

강윤아　네.

　　　　김기태와 강윤아, 벤치에 앉는다.

김기태　고종황제는 가배를 즐겨 마셨다고 합니다.

강윤아　가배요?

김기태　(호주머니에서 캔 커피 두 개를 꺼낸다)

강윤아　아…… 커피!

김기태　자판기 가배죠.

강윤아　고마워요.

　　　　김기태, 강윤아, 캔 커피를 마신다.

강윤아　이젠 말해주세요. 고종황제의 채색 사진이 있는 곳은 어
　　　　디에요?

김기태　스미스소니언 박물관이요.

강윤아　네……?

김기태　정확하게 말하면, 스미스소니언 박물관의 프리어 새클
　　　　러 갤러리에 있죠.

강윤아　프리어 새클러 갤러리……?

김기태　그리고 좀 더 정확하게 말하면, 사진은 그 갤러리의 깊숙한 수장고에 들어가 있습니다.

강윤아　어떻게 그걸 아세요?

김기태　거기에 있는 건 확실해요. 하지만 개인에겐 절대 보여주지 않습니다. 그래서 국립현대미술관에서 공식적으로 요청해 빌려 와야 합니다.

강윤아　글쎄요…… 공식 요청은 과정이 복잡해서…… 결과를 장담하기 어려워요.

김기태　지금까지 석조전의 특별전시회 작품들은 다 그렇게 외국 미술관에 공식 요청해서 빌려 온 것 아닙니까?

강윤아　네. 그렇지만…… 무척 힘든 일이죠.

김기태　이번 사진전은 그 어떤 전시회보다 중요합니다!

강윤아　(고개를 끄덕이며 일어선다) 우선 관장님께 계획서를 내겠어요.

김기태　관장님 승인 받으면 알려 주십시오.

강윤아　네. 안녕히 가세요.

강윤아, 퇴장. 김기태는 무대를 반 바퀴 쯤 돌아서 선다.

김기태　나는 덕수궁에서 강윤아 씨를 만난 다음 내 사진 작업실에 왔습니다. 잘 아시겠지만, 요즘 사진기는 필름이 없죠. 필름 대신 조그만 메모리 카드에 촬영 정보를 저장합니다. 그리고 그것을 컴퓨터로 조정해서 원하는 사진을 만들어요. 어둔 밤 풍경을 밝은 낮 풍경으로 바꿀 수 있고, 눈 내린 겨울 들판을 꽃이 만발한 봄 들판으로 바꿀 수 있거든요. 풍경만이 아닙니다. 사진 속의 인물이나 물체를 빼고 보태는 것도 얼마든지 가능해요. 그 예를 보여 드리죠!

김기태, 마치 마술사가 트럼프를 꺼내듯이 호주머니에서 수십 장의 사진들을 꺼내 보여준다.

나는 아버지의 일기장 속에 있던 고종황제 채색 사진을 재촬영해서 이렇게 만들었습니다. 고종황제 뒤의 병풍을 빼고, 여러 가지 다른 것을 배경으로 바꾼 겁니다. 뉴욕의 자유 여신상, 파리 에펠탑, 런던 빅 벤, 중국 만리장성, 이집트의 피라미드, 장엄한 에베레스트 산…… 이 사진을 앨리스 루즈벨트가 본다면 "세상에서 가장 위대한 황제구나!" 감탄하겠지요. 이건 결코 마술이 아닙니다. 여러분도 쉽게 포토샵을 합니다. 사각진 얼굴을 갸름하게, 낮은 코는 높게, 작은 눈은 큰 눈으로, 여드름 흉터라든가 주근깨는 말끔히 지우고…… 자기 얼굴을 완전히 다른 사람 얼굴로 만듭니다. 그래서 이젠 재판에서 사진을 증거물로 인정하지 않죠. 사진이 사실이었던 시대가 끝나고, 사진이 환상인 시대가 된 것입니다.

김기태, 퇴장한다.

2009년 8월 27일

덕수궁 현대미술관 분관. 강윤아 등장. 휴대폰으로 김기태와 통화한다.

강윤아　김기태 씨, 관장님이 승인하셨어요! 국립현대미술관의 공식요청서를 미국으로 발송했죠!

2009년 10월 12일

서류를 든 전광보 팀장과 직원들이 등장한다.

전광보　프리어 새클러 갤러리에서 온 답신이야. 고종황제 채색사진을 빌려줄 수는 있다는데…… 조건이 매우 까다롭군.

박지열　조건은 뻔하죠. 언제 할 거냐, 전시는?

한민수　어떻게 할 거냐, 운송은?

이도준　보험은?

전광보　보험은 당연하지. 그런데 보험만이 아니라 배상금 조건이 있어.

강윤아　배상금이라뇨?

김기태　전시 중에 사진이 훼손되거나 도난당할 경우 배상금을 달라는 거야. (서류에 적힌 배상금액을 보여준다) 이걸 봐. 배상금 액수가…….

직원들　어마어마하군요!

전광보　이런 조건은 받아들이기 어려워.

직원들   정말 난처한데요…….

현대미술관 관장, 등장한다.

관장   밀어붙여!

직원들   관장님, 오셨습니까!

관장   전시 기획 팀장!

전광보   네. 관장님.

관장   고종황제 채색 사진, 조건대로 진행하게!

전광보   하지만 배상금이 너무 거액이어서…….

관장   뭘 걱정해? 전시 기간 동안 보안을 철저히 했다가 반환하면, 배상금은 줄 필요 없잖는가!

전광보   그거야 그렇습니다만…….

관장   왜? 보안이 안 될 이유가 있나?

강윤아   아뇨. 이곳은 덕수궁이라 보안은 완벽해요.

관장   오케이! 안심하고 밀어붙여!

전광보   네. 그럼 진행합니다!

무대 조명, 암전한다.

2010년 5월 15일

김기태, 등장한다.

김기태　마침내 최종 합의가 이뤄졌습니다. 프리어 새클러 갤러리가 제시한 요구 조건을 국립 현대 미술관이 받아들인 것입니다. 그렇게 안 했다면, 고종황제의 채색 사진은 수장고에서 나올 수가 없겠죠. 그동안 강윤아 씨와 나는 여러 번 만났습니다. 사진전 일 때문에 만났지만…… 나는 강윤아 씨에게…… 뭐랄까요…… 내가 태어나서 한 번도 느껴보지 못한…… 그런 감정을 느꼈습니다.

김기태, 벤치로 다가간다. 벤치에는 강윤아가 앉아서 모여드는 비둘기에게 모이를 주고 있다. 김기태, 강윤아 옆에 앉는다. 악사들과 가수, 〈쿠르쿠쿠 팔로마 : 멘데스 작곡〉을 연주하고 노래한다.

김기태　오늘은…… 꼭…… 할 말이 있습니다.

강윤아　뭔데요?

김기태　강윤아 씨…….

강윤아　네.

김기태　덕수궁에는…… 비둘기가 많군요…….

강윤아　꼭 할 말이 그거예요?

김기태　아…… 아뇨…….

강윤아　그럼 뭐죠?

김기태　(침묵한다)

강윤아　어서 하고 싶은 말 해요.

김기태　비둘기가…….

강윤아　비둘기가……?

김기태　점점 더…… 모여듭니다.

강윤아　그러네요!

사이.

김기태　윤아 씨…… 제 뺨을 때려주세요!

강윤아　갑자기 뺨을요?

김기태　말하고 뺨 맞느니, 차라리 뺨 먼저 맞고 말하는 것이 낫
　　　　겠습니다!

강윤아　그럴 수는 없죠.

김기태　(침묵한다)

강윤아　듣고 나서 뺨 때릴 테니까 먼저 말부터 해요.

김기태　나는…… 어머니 없이 태어났습니다.

강윤아　(놀란 표정으로 김기태를 바라본다)

김기태　어머니가 없다는 건 모든 것이 없는 것과 같죠. 그런
　　　　데…… 강윤아 씨를 만나면서…… 모든 것이 생겼습니
　　　　다. 그러니까 강윤아 씨는…… 나의 모든 것…… 나의
　　　　어머니입니다.

강윤아　김기태 씨 몇 년 생인데요?

김기태　84년생입니다.

강윤아　나는 75년생이에요! 겨우 아홉 살 연상인 내가 누나지
　　　　엄마냐구요!

김기태   내 왼쪽 뺨도 때리고, 오른쪽 뺨도 때리세요.

강윤아   뻔히 눈을 뜨고 있는데 어떻게 때려요!

김기태   그럼 눈 감고 있겠습니다.

김기태, 눈을 감는다. 강윤아, 손을 펴든다. 김기태의 뺨을 때리려
바짝 다가간다. 사이. 손을 내리고 키스한다.

강윤아   지워요.

김기태   뭘요?

강윤아   립스틱.

김기태   아무도 못 봤어요…….

강윤아   눈 감은 사람만 못 봤죠.

김기태   엄나, 사랑합니다.

강윤아   엄나라뇨?

김기태   엄마와 누나를 합친 것입니다.

강윤아   기태 씨!

김기태   네…….

강윤아   (웃으며) 비둘기는 밥 많이 먹었으니까 우리도 밥 먹으러
가요.

김기태   네!

김기태, 강윤아, 퇴장한다. 악사들과 가수, 연주와 노래를 마친다.

2010년 7월 30일

덕수궁 석조전. 국립 현대 미술관 분관 직원들이 등장한다.

전광보　자, 석조전 내부를 둘러보면서 의논합시다. 전시할 사진
　　　　들을 어떻게 배치하느냐인데……

이도준　아직 강윤아 씨가 안 왔어요.

전광보　어, 조금 전엔 있었잖아?

이도준　누가 온다면서 잠깐 나갔습니다.

강윤아, 김기태와 함께 등장한다.

강윤아　팀장님, 김기태 씨 왔어요!

전광보　어서 오세요, 김기태 씨! 강윤아 씨 말로만 듣다가 이렇
　　　　게 만나는군요! (악수를 청한다) 팀장 전광보입니다!

김기태　뵙게 되어 반갑습니다!

전광보　우리 팀원을 소개하지요. 이 쪽은 이도준 씨!

이도준　안녕하세요!

전광보　이 쪽은 박지열 씨, 한민수 씨!

박지열　언제 만나려나 기다렸어요!

한민수　그런데…… 어디서 봤던 분 같은데요?

김기태　나는 여기 덕수궁에 자주 옵니다.

한민수　아, 기억납니다! 분수대 옆 벤치에서 강윤아 씨와 비둘
　　　　기 모이 줬죠!

전광보	김기태 씨, 대한제국 황실 사진전 아이디어는 정말 탁월합니다. 하지만 유감스럽게도 우리 국립현대미술관은 옛날 사진들을 거의 갖고 있지 않습니다. 그래서 고종황제, 순종황제, 영친왕, 의친왕, 덕혜옹주 등등, 사진 대부분을 다른 미술관과 개인에게서 빌려야 했어요. 그 사진들을 어떻게 전시해야 효과적인지, 지금은 그걸 의논 중입니다. 강윤아 씨 의견부터 들어볼까요?
강윤아	시대를 구분해서 전시하면 좋겠어요.
직원들	시대를 구분한다…… 어떻게?
강윤아	여기 1층에는 대한제국시대, 2층에는 일제 강점기시대, 사진들을 시대 구분해서 배치하는 거죠.
한민수	내 의견은 달라요. 가장 중요한 건 고종황제 채색 사진 보안 문제입니다. 그러니까 그 사진을 어디에 놓느냐, 그걸 먼저 정한 다음 다른 사진들의 배치를 해야 합니다.
박지열	두 의견이 전혀 다른 건 아닙니다.
전광보	다르지 않다니……?
박지열	시대 구분은 강윤아 씨 의견대로 하고, 고종황제 채색 사진 보안은 한민수 씨 의견대로 하면 됩니다.
전광보	그렇군!
박지열	저기가 석조전 정문이니까…… 이도준 씨, 정문으로 가서 들어와요.
이도준	왜요?
박지열	관람객 동선을 봅시다!

이도준, 무대 후면 자동문 앞으로 갔다가 돌아온다. 직원들, 이도준을 지켜본다.

박지열 음…… 관람객들이 정문으로 들어와서 첫 눈에 보이는 곳, 여기 1층 한복판이 고종황제 채색 사진을 전시할 가장 좋은 자리고 가장 안전한 자리입니다.

전광보 맞아! 사람들 시선이 집중되는 곳이 가장 안전해!

이도준 특수한 유리 덮개의 전시대를 만들어 이곳에 놓죠. 그럼 아무도 고종황제 채색 사진을 훔쳐 가지 못할 겁니다.

전광보 그래, 그렇게 하자구! 모든 것이 잘 결정 됐군! 아참, 김기태 씨는 뭐 하실 말씀 없습니까?

김기태 저…… 사진전을 앞당기면 좋겠습니다.

전광보 앞당겨요?

김기태 네. 모든 것이 결정 됐거든요.

전광보 이제 겨우 시작입니다. 빌린 사진 인수도 하고, 설치도 하고, 포스터, 팸플릿도 만들고, 신문과 방송 홍보도 하고…… 앞으로 온갖 해야 할 일들이 많아요! (직원들에게) 자, 부지런히 일 합시다!

미술관 직원들, 빠른 걸음으로 나간다. 김기태, 관객들에게 말한다.

김기태 여러분은 미술관에 가면 어떤 생각을 하십니까? 미술관 직원들은 한가해서 좋겠다…… 그저 있는 것들을 갖다

놓으면 되고, 전시하는 동안엔 할 일도 없고…… 그러나 그건 오해지요. 미술관 직원들은 굉장히 바쁩니다. 여러분께 알려 드립니다. 대한제국 황실 사진전의 일정이 확정됐습니다. 2012년 11월 15일부터 2013년 2월 15일까지, 이곳 덕수궁 석조전에서 3개월간 전시합니다.

2011년 9월 18일

김기태 강윤아 씨는 전시가 다가올수록 바빴어요. 하지만 틈틈이 우리는 만났습니다. 그러다가…… 2011년 9월 18일…… 운명적인 사건이 생겼는데…….

2011년 9월 19일

김기태 아니, 그 사건은 9월 19일이었습니다.

2011년 9월 20일

김기태 9월 19일이 아닌…… 20일입니다. 기쁨과 설레임이 워낙 커서 날짜마저 혼동하는군요.

강윤아, 등장한다.

강윤아	기태 씨, 오늘 밤 호텔에 가요.
김기태	호텔요……?
강윤아	우리 함께 자요.
김기태	(침묵)
강윤아	언제나 덕수궁 벤치에서만 만날 거예요?
김기태	나는 아직…….
강윤아	아직?
김기태	처음이어서…….
강윤아	안 했어요, 한 번도?
김기태	네. 그걸 어떻게 하는지 몰라요…….
강윤아	걱정 말고 엄나에게 맡겨요!

강윤아, 김기태의 손을 잡아 이끌고 나간다. 무대 조명, 암전한다.

2012년 10월 15일
깊은 밤. 한 줄기 조명, 김기태를 비춘다. 그는 무릎을 껴안고 앉아
있다. 김만우, 검정색 가방을 들고 어둠 속에서 다가온다.

김만우	기태야, 내가 왔다.
김기태	아버지 오실 줄 알았어요.

김기태, 일어선다.

김만우	증조할아버지도, 할아버지도, 함께 오시겠다는 걸 내가 말렸어.
김기태	네…….
김만우	전시회가 임박했다. 이제 겨우 한 달 남았는데, 넌 어찌 강윤아만 생각하느냐?
김기태	(침묵)
김만우	이번 전시회에 빌려온 사진을 없애버려라! 이 절호의 기회를 놓치면, 앨리스에게 줬던 그 사진을 없앨 기회는 다시 오지 않는다!
김기태	(침묵)
김만우	왜 대답이 없느냐!
김기태	그 사진 없애면…… 엄청나게 많은 배상금을 물어야합니다. 강윤아 씨는 미술관에서 해직되고……우리 사랑도 끝납니다.
김만우	내 아들 기태야!
김기태	네, 아버지…….
김만우	너는 계백 장군을 본받아라!
김기태	(침묵)
김만우	계백 장군은 마음 흔들리지 않도록, 미리 아내와 자식을 죽이고 황산벌 싸움에 나갔다. 너도 마음 단단하게, 먼저 강윤아와 헤어져라!
김기태	강윤아 씨는…… 나의 모든 것입니다.
김만우	모든 것이라니?

김기태　나의 어머니, 나의 누나, 나의 애인이죠.

김만우　기태야, 제발 우리를 실망시키지 마라!

김기태　(침묵)

김만우　이 가방 속엔 묵직한 망치가 들어 있다. (가방을 김기태 앞에 놓는다) 망치로 사진을 내려 쳐라! 명심해! 너는 우리 집 안의 오랜 숙원을 반드시 이뤄야 한다!

김만우, 퇴장. 김기태, 웅크리고 앉아 고민한다.

2012년 11월 12일
김기태, 바닥에 엎드려 편지를 쓴다.

김기태　대한제국 황실의 사진 전시회가 사흘 앞으로 다가온 날, 나는 마침내 결심하고 편지를 썼습니다.

"나의 엄마, 미안합니다. 난 당신과의 사랑에 어긋나는 일을 할 것입니다. 당신이 겪을 충격과 고통을 생각하면…… 내 마음이 아픕니다. 하지만 나는 이 일을 하지 않으면 안 됩니다. 증조할아버지, 할아버지, 아버지의 유전이 내 몸을 만들었고, 우리 집안 대대로 유언이 내 혼을 빚었기 때문입니다."

김기태, 잠시 침묵. 그리고 다시 엎드려 편지를 쓴다.

"추신. 아, 문득 좋은 방법이 떠올랐습니다. 배상금도 내지 않고, 우리 사랑도 끝나지 않는 방법이…… 그것이 무엇인지는, 전시회 첫날 내 행동을 지켜보기 바랍니다."

김기태, 일어나서 편지를 봉투에 넣는다.

나는 이 편지를 강윤아 씨에게 보냈습니다.

김기태, 손가방을 들고 당당한 걸음으로 퇴장한다.

2012년 11월 15일
무대 조명, 환하게 밝힌다. 자동문이 열린다. 석조전의 현대미술관 분관 직원들이 들어온다. 그들은 무대 한가운데 허리 높이의 전시대를 설치한다. 전시대 위에는 특수 강화 유리로 덮은 고종황제 채색 사진이 놓여 있다. 설치를 마친 직원들, 전시대 뒤쪽으로 물러선다. 김규진, 김석연, 김만우, 무대 왼쪽에서 등장하여 전시대 옆에 선다. 김기태, 무대 오른쪽에서 검정 가방을 들고 등장. 그는 망치를 꺼내 전시대의 강화 유리 덮개를 때려 부수고, 고종황제 채색 사진을 찢는다. 미술관 직원들, 놀란 모습으로 동작 정지한다.

김기태 아버지! 보셨어요? 할아버지! 보셨나요? 증조할아버지! 보셨습니까? 이젠 앨리스에게 모욕당한 사진은 영원히 없어졌습니다! 규진, 석연, 만우 (박수치며 환호한다) 잘 했다! 잘 했어!

김기태 그리고 여기, 우리 집안 대대로 간직해온 사진을 놓습
니다!

김기태, 가슴에서 고종황제의 채색사진을 꺼내 전시대 위에 놓는
다. 현대 미술관 분관 직원들이 몰려와서 바라본다.

강윤아 똑같은 고종 황제 채색 사진이에요!

김기태 같으면서도 다르고, 다르면서도 같죠!

김기태, 호주머니에서 컴퓨터로 배경을 바꾼 고종황제 사진들을 꺼
내 공중에 흩뿌린다.

에필로그

악사들은 연주하고 가수는 노래 부른다. 모든 배우들, 관객 앞으로
나와 인사한다.

가수　　108년간 어둠상자 역사
　　　　　4대에 걸친 지루한 연극
　　　　　오예, 그러나 끝은 좋았어
　　　　　아주 재미있게 바꿔치기 했지

　　　　　편, 편, 편, 오예―
　　　　　편, 편, 편, 오예―

　　　　　미국 수도 워싱톤 디씨
　　　　　스미스소니언 박물관
　　　　　프리어 새클러 갤러리
　　　　　오예, 영구히 보존되는
　　　　　고종황제 채색 사진
　　　　　앨리스가 가져간 사진 아냐
　　　　　육손 가문 간직했던 사진이지

　　　　　편, 편, 편, 오예―

펀, 펀, 펀, 오예—

막

한국 희곡 명작선 60
어둠상자

초판 1쇄 인쇄일   2021년 1월 10일
초판 1쇄 발행일   2021년 1월 20일

지 은 이   이강백
만 든 이   이정옥
만 든 곳   평민사
           서울시 은평구 수색로 340 〈202호〉
           전화 : 02) 375-8571
           팩스 : 02) 375-8573
           http://blog.naver.com/pyung1976
           이메일   pyung1976@naver.com
등록번호   25100-2015-000102호
ISBN   978-89-7115-758-9   03800
           978-89-7115-663-6   (set)
정   가   8,000원